정지용의 기행산문 여정을 따라

정지용 만나러 가는 길

김 묘 순 지음

정지용의 기행산문 여정을 따라

정지용 만나러 가는 길

김 묘 순 지음

국학자료원

「이 도서의 국립중앙도서관 출판예정도서목록(CIP)은 서지정보
유통지원시스템 홈페이지(http://seoji.nl.go.kr)와 국가자료공동목
록시스템(http://www.nl.go.kr/kolisnet)에서 이용하실 수 있습니다.
(CIP제어번호: CIP2017010559)」

정지용님께 드리는 서간(書簡)

당신의 여정을 자족자족 따라가 보았어요. 가는 곳마다 땀과 바람이 일렁였어요. 길을 걷고 차를 타며 당신이 80년 전에는 어떠하였을까? 70년 전에는 무엇을 생각하였을까? 정작 이러한 생각들은 나에게 당신에 대한 그리움을 쏟아놓고 달아났어요. 종일토록 당신에 대한 생각으로 하루를 메웠어요. 온종일 당신에게 매여서 지내왔지만 정작 저녁에 정리하려던 당신을 향한 글들은 파도처럼 부서졌어요. 부서진 파도만 허무하게 바라보며 밤을 지냈어요. 그런 날은 단 한 줄의 글도 만들어낼 수 없었어요.

무엇을 쓸까에 대한 고민으로 당신의 여정을 따라 기웃거리기를 몇 년. 그러나 여전히 그 세월은 지금도 당신의 변방에서 주억거리며 서걱이고 있을 뿐이어요.

당신의 기행 여정은 일본 동지사대학 유학시절(1923~1929)에 시작되었어요. 그곳에서 「압천 상류」 2편을 남겨놓으셨죠. 나는 2006년 동지사대학에 당신의 자료를 찾으러 갔지요. 이를 시작으로 2013년과 2014년, 중단되었던 동지사대학 문학포럼의 재개와 당신의 흔적을 헤매었어요. 당신이 고향을 생각하며 걸었을 '압천'과 당신이 다녔을 법한 '카페프란스'를 찾았지요. 눌인(訥人) 김환태에게 당신은 칠흑과 같이 깜깜한 그믐날 상국사(相國寺) 뒤 끝 묘지자락에서 「향수」를 읊어주셨지요? 나는 그곳을 가늠해가며 당신의 흔적 찾기를 하였지요. 오래된 흔적을 지우는 것이 보통사람들의 일상이 겠지만 당신의 흔적은 자꾸만 더 굵고 선명하게 드러나고 말아요.

1937년 박용철과 함께 기행에 나서 당신은 「금강산기」 3편을 남기셨어요. 그러나 지금 저는 그곳에 당신을 따라가 볼 수 없어요. 세상 사람들이 그곳을 'North korea'라 명명하였어요. 그래서 그곳은 'South korea' 사람인 저는 갈 수 없는 먼 나라가 된 까닭이에 요. 언젠가 당신이 머물렀던 금강산에 갈 수 있다면 「금강산기」도 마저 채워 넣어야지요.

당신은 1938년 김영랑, 김현구와 함께 강진과 제주도를 기행하며 「남해다도해기」 12편을 만들었지요. 당신의 발길을 따라가 본 강진과 제주도. 배를 타고 가며 지나가는 섬들에 대고 당신의 안부를 전하였어요. 그러나 당신이 어느 곳에서 잘 있는지는 몰라서 '잘 있다'는 말은 빼고 그냥 손만 흔들었어요. 그때 바다는 파도를 만드는 것이 아니라는 것을 알았어요. 바다는 가만히 있고자하나 내가 먼저 바다로 들어가 요란한 파도가 되었다는 것을. 당신 덕분에 제주도로 가족여행을 다녀왔고 강진을 남편과 함께 여러 차례 다녀왔어요. 비가 오는 어느 날 김영랑 생가는 비를 맞고 있었어요. 그곳 우물도 시비(詩碑)도 비 오는 하늘 아래 무방비로 침묵하며 서 있었어요. 비 오는 날은 모두가 침묵하는 것인가 봐요.

지금은 생각나지 않지만 서양의 어느 유명한 사람이 '손으로 하는 것은 일꾼이고 손과 머리로 하는 것은 장인이며 손과 머리와 가슴으로 하는 것은 예술'이라 하였어요. 나는 지금 이 세 부류 중 어느 쪽일까요? 나는 모르겠어요. 일꾼인지, 장인인지. 예술인은 욕심이 나는 단어이긴 하지만 감히 당신 앞에서 거론하기 힘든 큰 단어인지라 그냥 접어놓아요.

길진섭 화백과 함께 당신은 1940년 평양, 선천, 의주를 거쳐 오룡배로 향하였지요. 그곳에서 「화문행각」 13편을 세상에 활자로 또박또박 찍어놓으셨지요. 그러나 'South korea'인인 저는 오룡배를 제외한 세 곳은 당신을 따라갈 수 없어 장롱 깊숙한 자리에 접어두었지요. 구겨지지 않도록 반듯하게 정리해서 말이에요. 이곳 기행도 언젠가 갈 수 있는 날이 오면 당신의 여정을 쫓아가 정리하리다.

1950년에 쓰여진 「남해오월점철」 18편은 당신의 혼란스러운 마음이 잉크병에서 엎지러진 잉크처럼 쏟아져 있었어요. 당신답지 않게 이 작품들은 수선스럽게 정리되지 않은 느낌이 들어요. 그래서 나는 알아들을 수 있는 언어로 조금 정리하기도 하였어요. 그때 당신의 기행산문을. 정종여 화백이 삽화를 당신은 부산, 통영, 진주의 모습을 상세히 그러나 무언가 불안에 흔들리는 아, 맞아요. 촛불이 바람에 흔들리는데 꺼지지는 않고 있지만, 곧 꺼질까봐서 보는 이를 불안하게 하는 것 있지요? 「남해오월점철」은 꼭 그 모습으로 다가왔어요. 당신의 불안과 혼란이 정리되지 않아서 나도 같이 흔들렸어요. 당신이 가본 부산, 통영, 진주를 수차례 다녀왔어요. 그러나 통통히 잘 영근 글이 나오질 않았어요. 당신이 지금 보아도 내글은 '쪽정이 같다'고 미소를 지으실 거예요.

당신의 기행 산문과 그 발자취를 따라간 산문의 연결고리를 독자들에게 어떻게 지어줘야 할지 고민이 많았어요. 생각 끝에 당신의 기행 산문 일부분과 제목을 나의 산문 앞 장에 각각 실어 놓았어요.

5부에 당신 삶의 여정에서 인연을 맺었던 사람들의 풍경을 스케치하였어요. 얄궂거나, 끈질기거나, 잊혀지지 않거나, 잊을 수 없는 사람들의 이야기를 또박또박 글자로 새겼어요. 당신을 떠나지 못하고 그리워하였을 모진 인연의 사람들. 이들을 씨실과 날실로 엮어 느슨하게 수자직으로 펼쳐 놓았어요.

당신의 여정을 따라 기행을 하겠다는 생각과 그 여정을 정리하겠다는 결심이 굳어진 지 수년의 세월이 흘렀어요. 그래서 산문집으로 만들겠다는 다짐이 드디어 한 권의 책으로 묶어지려 합니다. 당신께 이 글을 쓰며 당신의 여정과 산문에 누가 되지 않을까 심히 걱정이 됩니다.

고요히 서평을 수락하여 주신 신희교 교수님, 고생스러운 기행에 동행하여준 가족, 발간에 힘을 보태주신 충북문화재단, 출판을 흔쾌히 결심하여 주신 국학자료원에 당신이름으로 머리 숙여 고맙다는 인사를 올리렵니다.

2016년 당신의 고향, 옥천에서
겨울을 맞으며
김 묘 순

|차례

V. 정지용, 인연이 있는 풍경

부록 | **정지용 생애 여정 지도 / 기행산문 여정 지도 / 정지용 연보**
서평 | **정지용 초상 그리기**
        신희교(우석대학교 국어교육과) 교수

Ⅰ.

교토에서
만난 정지용

−일본 교토

나는 이 냇가에서 거닐고 앉고 부질없이 돌팔매질하고 달도 보고 생
각도 하고 학기시험에 몰리어 노트를 들고 나와 누어서 보기도하였다.

-「압천상류 상」중
鴨川

「압천(鴨川)」은 비에 젖고

　2013년 12월 중순, 동지사대학에는 겨울비가 내리고 있었다.

　2006년 정지용 자료 수집을 하러 갔을 때와 마찬가지로 이 대학 교정은 여전히 차분하였다. 정지용이 이곳 교정을 걸었을 1920년대, 어느 겨울에도 이런 비가 내렸겠지. 이렇게 차분하고 조용한 비가. 그는 이곳을 수없이 지나다니며 시상을 떠올렸으리라. 유학 온 친구들과 같이 걷기도 하고, 때론 시를 외워 그 친구들에게 들려주기도 하였겠지.

　이 대학 교정에 정지용의 「압천」을 새긴 시비가 있다. 오석에 「서시」를 새긴 윤동주 시비와 10m 정도 거리를 두고 나란히 서 있다. 정지용이 윤동주보다 이 대학 선배다. 그러나 이곳에 정지용 시비가 세워진 것은 윤동주 시비가 세워진 10여 년 후라고 한다.

　옥천의 화강암에 실개천의 무늬를 넣어 「압천」을 새긴 시비가 우리를 반긴다. 아니, 정지용의 시 「압천」이 우리를 애타게 기다리고 있었다고 하여야 옳을 것이다. 우리가 매우 이따금씩 방문하기 때문이다. 이 시비는 앞면에 한국어와 일본어로 「압천」을 새겨놓았다.

鴨川 十里ㅅ벌에
해는 저물어 ……저물어 ……

날이 날마다 님 보내기
목이 자졋다 …… 여울물 소리 ……

찬 모래알 쥐여 짜는 찬 사람의 마음,
쥐여 짜라, 바시여라, 시언치도 않어라.

역구풀 욱어진 보금자리
뜸북이 홀어멈 울음 울고,

제비 한쌍 떠ㅅ다,
비마지 춤을 추어.

수박 냄새 품어오는 저녁 물바람.
오랑쥬 껍질 씹는 젊은 나그네의 시름.

鴨川 十里ㅅ벌에
해가 저물어 …… 저물어 ……

「압천」 전문, 『학조』 2호, 1927. 6.

정지용이 유학시절 내내 걸었을 압천(가모가와)은 저녁 풍경을 연출하고 있었다. '해는 저물'고 겨울비가 내린다. 나는 그때의 정지용 마음처럼 '찬 사람의 마음'이 되었다.

정지용 시비 앞에 누군가 놓고 간 지전과 꽃다발과 비에 젖은 방명록은 '역구풀이 우거진 보금자리'처럼 심란해졌다.

방명록 통을 맨 처음 이곳에 놓을 줄 알았던 아름다운 마음을 가진 이를 생각한다. 비에 젖었지만 읽어낼 수 있는 문구를 여기에 옮겨 놓는다. 그들의 마음을 함께 읽어보고자 한다.

2013년 4월 15일

기존에 있던 노트가 비에 젖어있는 것이 안타까워 작지만 방명록 상자를 준비해 보았습니다.

노트는 ○○○○○○ 사거리의 ○○에서 구입한 것입니다. 다 쓰게 되면 선의를 가지신 분께서 다른 노트를 기증해 주시리라 믿습니다.

그를 기리는 마음이 영원히 변하지 않기를 바라며

이재경 올림

2013년 7월 27일
○○○○ ○○○○ ○○○○ 배고프리
네 눈은 고민스런 흑단초
네 입술은 서운한 가을철 수박 한 점
벌어도 벌어도 배고프리
○○ 창문에 늙은 저녁해ㅅ살
결연하게 탄다. 아아 배고파라
목동고
이서현, 김기덕, 정희정, 박지은, 한지혜,
최혜주, 강승연, 성지현, 강인한, 양하연,
김민지, 정지윤, 이승민, 권아연, 유혜준

2013년 7월 30일
연, 빈, 진주 자매 / 가족

2013년 10월 12일
맑은 가을 하늘 아래,
이렇게 당신을, 당신의 시를
만나고 갑니다.
元

2013년 05월 07일
당신을 어떻게 불러야할까요 ……
당신을 어떻게 기억해야할까요 ……
당신의 '시'로써
부르고, 기억하며 감사하겠습니다.
오늘 이 자리에서
정·지·용
세 글자를 품고 갑니다.
－염서윤 올림

　　"방명록 visitor's book"이라고 쓰여진 플라스틱 통에서

정지용 시인의 휘문고보 졸업식 장면

위의 사연들은 애잔하였다. 이재경, '배고파라'를 외친 무명씨, 목동고 학생들, 연, 빈, 진주 자매 / 가족, 元 그리고 염서윤 모두 고맙다. 나보다 먼저 정지용을 생각하고 사랑하고 아름다운 마음을 기록으로 남겨줘서 코끝이 시큰해진다.

플라스틱 통에 그리운 마음을 담아 방명록 상자를 만들었다. 그렇지만 상자 속으로 들어오는 비는 피할 수 없었다. 상자는 비에 흥건히 젖은 채 우리를 맞이하고 있었다. 비와 함께 엉켜 붙어 방명록 첫 장을 읽어내는 것도 힘들었다. 그러나 더 힘든 건 고향에서 정지용을 보고자 찾아온 나를 향한 부끄러움이었다.

일제강점기인 1923~1929년 일본 동지사대학에서 영문학을 공부하였던 정지용. 「압천」 시비에는 윌리암 브레이크의 영시를 공부하면서 느꼈을 학자로서의 자세, 지식인으로서의 마음 둘 곳 없는 괴로움, 고향과 가족에 대한 그리움이 고스란히 남아있는 듯하다. 정지용의 외로움과 그리움이 90여년 지난 지금도 그 자리에 그대로 머물러 있는 것은 나의 촉각과 시각에 가두어짐인가.

정지용을 지금도 괴로움과 외로움 속에 묻어두었다는 생각에 가슴이 답답하였다. 답답한 마음을 풀고자 사회복지학과 맹 선생과 대학 구내 문구류 판매점으로 갔다. 그러나 허사였다. 우리가 찾는 종류의 방명록으로 쓸만한 통은 없었다.

마침 박 교수님께서 이 대학 고 강사님께 부탁하면 되리라 하셨다. 그리하여 고 강사님께 염치없이 방명록과 그것의 관리에 대한 부탁까지 하였다. 고 강사님은 "그렇게 하겠다."고 흔쾌히 대답하셨다. 고마운 일이다.

캡슐에 싸여있는 약을 캡슐이 터진 채로 목으로 넘겨본 적이 있는가? 그때처럼 나의 목과 온 몸이 쓰디 쓴 맛으로 전율하였다.

『정지용 시집』(시문학사, 1935) 표지화   『백록담』(백양당, 1946) 표지화

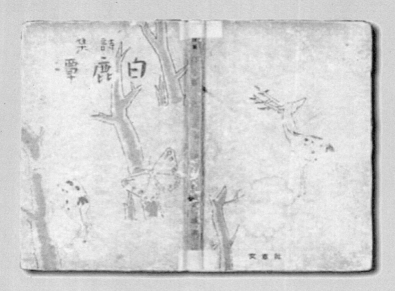

『백록담』(문장사, 1941) 표지화

쨔르르 짤었거나 회거나 푸르둥둥하거나 하여간 치마저고리를 입은
아낙네들이나 아래 동아리 홀홀 벗고 때가 겨른 아이들일지라도 산
설고 물 설은 곳에서 만나고 보면 반갑지 않을 수 없다.

ー「압천상류 하」중
鴨川

동지사대학에 다시 핀 지용

2014년 12월 13일 오후 2~6시 일본 동지사대학교 신학관에서 4회 일본정지용문학포럼이 열렸다. 중단된 지 4년 만에 다시 열린 것이다. 가슴이 두근거렸다. 벅차오르는 기쁨을 주체할 수 없었다. 누구라도 붙들고 자랑하고 싶었다. 1년 전, 문학포럼 재개를 위해 포럼 관계자들이 동지사대학교를 방문하였었다. 그 당시 이 대학으로부터 문학포럼에 대한 긍정적인 답변을 들었다. 이후 내 입가를 비집고 나오는 웃음을 주체할 수 없었다. 무작정 좋았다.

일 년 전에 만났던 이 대학의 반가운 얼굴들이 마중을 나왔다. 악수를 하였다. 어제 본 듯하다. 그러나 계절이 여러 번 지나갔다. 언제 봐도 다시 보고 싶을 얼굴들이다.

이 대학 관계자들과 유학생들, 한국 측 방문단은 정지용 시비를 둘러보았다. 지난해 걱정하였던 방명록 통이 잘 갖추어져 있다. 그리고 시비 앞에 꽃다발들이 놓여있다. 참 편안하였다. 추위가 가셨다. 온 몸에 훈기가 돌기 시작하였다.

다음날 문학포럼을 마치고 압천으로 갔다. 교토의 중앙을 흐르는 압천은 동지사대학에서 걸어서 5분 이내의 거리에 있다.

압천은 상류부터 상압, 중압, 하압으로 부른단다. 동지사대학교 교우회 회장과 윤동주 시인 추모회 관계자는 정지용이 유학 당시 하숙했다는 곳을 짚어준다.

동지사대학교 쪽 중앙에서 건너다보이는 곳이라고 손가락으로 가리킨다. 중앙을 건너 맞은편 동네는 안개처럼 희미하였다. 그곳에 가면 정지용에 대해 아는 사람이 있을까? 까마득하기만 하다. 80여 년 전의 정지용을 기억해줄 사람은 누구일까? 중앙 건너편에 정지용이 살았던 일을 가만가만 이야기로 들려줄 사람이 있었으면 좋겠다는 생각을 하여 본다. 그리고 가만히 셈을 해본다. 글렀다. 헛된 생각이겠구나. 정지용을 기억하려면 지금 100살은 넘은 사람이어야 할 거다.

10년 전, 동지사대학에 정지용 자료를 찾으러 왔을 때의 일이다.

도서관 자료실 관계자들은 우리가 자료를 찾기 위해 방문한다는 사실을 알고 미리 자료 준비를 해놓고 있었다. 정지용 학적부, 학위 논문, 기숙사 자료 등을 우리 앞에 진열해 주었다. 우리가 가서 찾는 수고로움을 덜어주기 위한 배려였다.

자료들을 보고 학교를 나설 때는 해가 지고 있었다. 교문을 나서니 금방 어둑어둑해졌다. 차에 오르려는 순간 누가 급하게 부르는 소리가 우리를 잡는다. 동지사대학 자료실 관계자였다. 얼마나 다급하게 달려왔는지 숨을 크게 내려쉰다. 그리고 급하게 말한다. 통역은 빨리 우리에게 한국어로 전한다.

"0월 0일 정지용이 기숙사에서 조식을 먹지 않았답니다."

그것은 정지용이 교회나 성당을 갔거나 친구 하숙집에서 기거했으리라는 추측을 남겼다.

構木爲巢
以儷攴娶
佳人食木
實而長生
夏蘇忌
新居祝 지용 鑄

정지용 자필

무엇이든지 도움이 된다면 도와주려 달려와 준 이 사람에게 고마웠다. 그냥 지나칠 수 있는 것, 귀찮다고 모른 척 할 수도 있는 것을 위해 힘껏 달려온 사람. 그 사람에게 고맙다는 인사로 머리를 몇 번이고 숙였다. 나는 일본어를 할 수 없기 때문에 고개를 숙일 수밖에 없었다. 그래서 고마운 마음을 전하였다. 그도 또한 나와 같이 머리를 거듭해서 숙였다. 그도 한국말을 할 수 없기 때문이었다.

　압천을 따라 카페 프란스를 찾아갔다. 그 길에서 통역을 해주던 동지사대학 대학원생이 재미있는 이야기를 건넨다. 압천에서 데이트를 하는 연인들은 일정한 거리를 유지하고 앉아있단다. 50m 정도의 그 일정한 거리는 서로에게 방해가 되지 않는 최소한의 거리란다. 그리고 방해꾼으로부터 보호받을 수 있는 심리적 안정의 거리이기도 하단다. 이런 이야기를 건네는 그는 심리학을 전공한다고 하였다.

　카페 프란스에 도착하였다. 카페 프란스는 정지용의 유학시절인 1926년 조선인 유학생 문예지 『학조』 창간호에 발표한 시 「카페프란스」 제목과 같은 카페이다. 정지용이 유학시절 시상을 떠올리는 곳으로 자주 이용되었다고 전하는 곳이기도 하다. 이곳은 2층 건물로 '프랑소와 카페'라는 간판을 2층 모서리에 달고 있었다. 이 골목은 1920~1930년대 지어졌다는 2층 형태의 집들이 죽 이어져 있었다.

　카페 프란스 안으로 들어가자 의자 팔걸이 부분이 반질반질 사람의 손때가 묻어 있었다. 오래된 벽난로가 있었다. 벽난로 위로 그 을음이 올라간 자욱이 아직도 선명히 남아있었다.

　주인에게 "정지용을 아느냐?"고 물었다.

　주인은 "나는 며느리인데 할머니께서 아실 것이다."라고 하였다.

며느리라는 아낙이 부지런히 할머니를 모시고 왔다.

할머니는 "아, 정지용, 한국에서 온 다른 사람들도 가끔 물어보는 사람이 있었다. 그를 본 기억이 난다. 키가 작고 자주 들렀다."라고 이야기를 이어갔다. "친구들과 같이 왔었다."라고 기억을 더듬어 놓는다.

나는 그곳에서 커피를 마셨다. 때는 9월 초순, 한여름의 온기가 채 가시기 전이었다. 나는 시원한 아이스커피를 벌컥벌컥 마시고 싶었다. 목이 긴 유리컵에 가득 담겨온 커피는 쓰디썼다. 그러나 나는 계속 내 목을 빼고 이곳저곳을 기웃거렸다. 정지용이 어느 구석 한적한 바람벽에 낙서라도 남겨놓았길 기대하며. 그러나 그 기대는 허사였다. 나는 정지용의 낙서마저도 찾아낼 수 없었다.

그리고 낙서를 찾던 날로부터 7년 후 다시 카페 프란스에 갔다.

그런데 그 사이 카페프란스 주인이 바뀌었다고 하였다.

그들은 "정지용을 모른다."라고 하였다. 낙서를 찾던 날로부터 8년 후, 다시 찾은 카페 프란스에서 나는 더 이상 정지용을 아느냐고 묻지 않았다.

그리고 낙서를 찾던 날로부터 10년의 세월이 흘렀다.

언젠가 다시 카페프란스를 찾는 날, 그날도 나는 여전히 정지용의 소식을 묻지 않기로 하였다.

교토 동지사대학교 정지용문학포럼은 계속 이어지고 있다.

II.

정지용,
김영랑, 김현구와
함께 기행하다

−남유다도해기(南遊多島海記)

꾀꼬리 보학에 통하지 못하였고 나의 발음기관이 에보나이트판이 아
　　　　譜學　　通
닌 바에야 이 소리를 어떻게 정확하게 기록하여 보내 드리리까?

－「꾀 꼬 리」 중

별똥

강진골 꾀꼬리를 생각하며 김영랑과 정지용을 생각한다.

정지용이 김영랑의 집에서 들은 꾀꼬리 소리는 지방마다 특색을 더하며 사투리를 구사한다고 하였다. 경도 꾀꼬리는 이른 봄 매화 필 무렵에 전차길 옆에서 약간 수리목이 져 아담하게 굴린다. 서울 문 밖 꾀꼬리는 이른 여름에 잠깐 듣고 마는데 강진골 꾀꼬리는 늦은 봄부터 여름이 다 가도록 운다. 하물며 한 놈이 여러 가지 소리를 낸다고 하였다.

강진골 꾀꼬리마냥 정지용 시를 호주머니 속에 넣고 온 종일 옹알거리고 싶을 때가 있다. 그를 사랑하는 사람들, 특히 옥천 사람들은 그의 시 옆에서 나고 자라고 늙는다. 그러나 그의 시 몇 편을 제외하고는 어렵다고 난색을 표하는 경우를 종종 접하게 된다.

'좋은 글은 쉽게 읽힌다.'와 '어려운 시가 좋은 시'라는 입장이 공교롭게 서로 상치하면서 독자들로부터 시를 멀어지게 하였다. 아마도 중·고등학교의 과도한 읽어 넣기식 시해석이 시에 대한 과잉반응을 낳게 했을지도 모른다. 이러한 영향으로 모호한 시들에 대한 경의를 표하며 차츰 순수하고 맑은 시들에 대해 홀대하는 경우가 왕왕 발생하게 되었다. 그러나 독자는 어려운 시가 좋은 시일 것이라는 선입견에서 벗어나야 한다.

혹자는 정지용이 일본 동지사대학으로 떠나기 전에 썼다는 대표작 「향수」는 '—그곳이 참하 꿈엔들 잊힐리야' 구절만 입에 맴돈다고도 한다. 이것은 다양한 시들을 급히 이해하려 했거나 다량의 작품들을 한꺼번에 감상하려 했던 성급함이 가져온 오류는 아닐까 하는 생각이다.

「별똥」, 「할아버지」, 「홍시」, 「해바라기씨」 등 동시와 정지용의 장남 구관 씨가 가장 좋아했던 「호수」는 우리들 마음을 가득 채운다. 비교적 우리가 다가가기에 거부감이 덜한 이러한 시들부터 가까이 두도록 해보자. 그리고 감상해 보기를 바란다.

별똥

별똥 떠러진 곳,
마음해 두었다
다음날 가보려,
벼르다 벼르다
인젠 다 자랐오.

동시는 어린이다운 심리와 정서로 어른과 어린이 모두가 공감할 수 있게 어른이 쓴 시이다. 즉, 동시는 어린이의 공감을 얻어야 하고 내용과 형식에서 특수성을 지녀야 한다. 정지용은 유년의 순수성을 동시에 담았다.

그는 1930년『학생』2권 9호에 발표했던「별똥」에 미련과 기약의 장치를 견고히 한다. 그 기약은 지용을 유년의 뜰에 앉힌다. 그러나 그 미련은 '벼르다 벼르다' 안타까움만 자아내고 만다. 30음절의 짧은「별똥」은 산골에서 '별똥'을 그리던 나의 추억과 매우 흡사하다. 그래서 내가 꽤나 좋아하는 시 중 하나다.

보통사람이면 가지게 되는 유년의 순수성. 지용도 우리와 마찬가지로 그러한 유년시절을 건너게 된다. 그의 아버지는 한약상을 하며 타지로 돌고 지용은 그런 아버지를 그리워하였다. '회자정리(會者定離)' '거자필반(去者必返)'이라 했던가. 사랑한 사람과 소중한 기억을 정지용도 오랫동안 곁에 두고 싶어 했을 것이다.

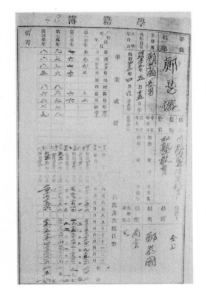

옥천공립보통학교 시절의
정지용의 학적부

옥천공립보통학교(현 죽향초)를 졸업하고 14살부터 고향을 떠나 서울살이를 했던 지용은 가족과 고향에 대한 그리움을 긴 꼬리를 달고 떨어지던 별똥에 담아냈다.

그랬다.

그 시절 '별똥이 떨어졌다'는 신비로운 이야기와 '오빠들만 주워 먹었다'는 약 오르는 놀림은 어른이 된 지금도 꿈만 같은 안타까움 이다. 화자는 집을 떠나 고향과 가족과의 끈이 끊어져 버렸음을 '별 똥 떠러진 곳'으로 명명한다. 그리고 그곳을 잊지 못하고 마음 가득 부려놓았다. 다음을 기약한다. 어리기만 했던 화자는 그곳에 그리 움을 묻었다. 그러나 그 기약은, 끝내 도달할 수 없는 그리움에 도 착하고 만다.

이제는 더 이상 마음에 담아둘 수도 없는 상실감과 헛헛함으로 그리움이 자리 잡는다.

그렇다. 시는 여전히 일반인들에게 아리송한 묘미를 남기는 것은 사실이다. 그러나 다가가기에 어렵고 거북스러운 것만은 아니다. 시 를 많이 읽다보면 시를 보는 안목이 형성된다.

보편적으로 남들이 훌륭하다고 인정하는 시를 우선순위에 두는 것도 중요하다. 그러나 좀 서투르다고 생각되거나 쉬운 시부터 읽 어야 한다. 이는 좋은 시를 알아보는 능력을 기르는데 도움이 되고 시에 다가가는 지름길로 작용하기 때문이다.

훌륭한 시는 독자들에게 새로운 세계, 즉 창의적인 발견과 친근 한 정서를 마련해 준다. 좋아하는 시, 마음이 가리키는 시부터 읽 자. 그리고 내가 그 시의 화자라고 생각해보자. 그리하면 시가 나에 게로 걸어올 것이다.

정지용이 들었던 강진 꾀꼬리 소리는 옥천 꾀꼬리 소리와 무에 다를까? 그것은 강진이나 옥천이나 서울이나 부산이나 교토나 오룡배나 독자에게 들리는 음의 파장에 따라 다른 소리를 낼 것이다. 화자는 하나의 마음으로 노래하였다. 그것을 독자가 듣고 시가 있는 풍경을 만들어내는 것이리라.

오늘도 별똥이 떨어졌으면 좋겠다. 나는 아직도 별똥이 먹는 것만 같다. 별똥이 운석이란 생각을 저만치 밀쳐낸다. 별똥을 주위 먹으면 여전히 맛있으리라는 기대를 영영 지워버리지 못한다. 나는 어리숙한 사람임에 틀림없다.

1930년대초 휘문고보(徽文高普) 재직 당시 정지용

하물며 첫 정월에도 흰 눈이 가지에 나려 앉는 날 아조 푸른 잎잎에

새빨간 꽃송이는 나그네의 가슴속에 어떻게 박힐 것이 오리까!

-「동 백 나 무」 중

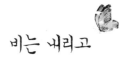

비는 내리고

"기차로 한낮 한밤을 허비하여 이 강진골을 찾아온 뜻은 친구의 집 울안에 선 다섯 그루의 동백나무를 보러 온 것"이라는 정지용의 말에 동감한다. 여기서 강진골 친구의 집은 김영랑의 집일 것이다.

흰 눈이 동백나무 가지에 내려앉는 날 새빨간 동백꽃 송이는 뭐라고 형언해야 하는가? 그때 나그네의 가슴 속에는 어떻게 박힐 것인가? 강진골은 집집마다 동백나무가 있고 무덤 앞에도 동백나무를 심어 쓸쓸한 처소를 봄과 같이 꾸민다고 했다. 이것을 정지용은 "남방에서 얻을 수 있는 시취(詩趣)"라고 적어놓고 있다.

그 시절 정지용이 들렀던 김영랑 생가는 현재 여러 개의 시비들이 세워져 있다. 그의 대표작들을 돌에 새겨 마당과 옆 마당 그리고 집안 곳곳에 세워 놓아 보는 이들을 시상에 잠기게 한다.

생가 근처의 탑골샘을 지나 영랑 생가에 도착하면 '국가지정 중요민속자료 제253호 영랑 김윤식 생가'라는 돌비석이 새겨져 있다. 아담한 초가집들이 먼저 반긴다. 마당은 쓸린 듯 다듬은 듯 황토로 잘 어우러지게 단장 되었다. 그 모습은 아주 단아하고 고즈넉하다. 영랑 생가는 담도 단정하다.

또 시비 「내 마음 고요히 고흔 봄길 우에」, 「모란이 피기까지는」,

「사개를 건 고풍(古風)의 퇴마루에」, 「동백닢에 빗나는 마음」, 「누이의 마음아 나를 보아라」, 「마당 앞 맑은 내 맘」 등이 내 발길을 멈추게 한다.

마침 이 곳을 찾은 날은 비가 추적거리고 있었다. 우산을 들랴, 시비를 읽으랴, 구석구석 들여다보랴, 여전히 내 눈을 한 곳에 고정하기는 어려웠다. 장독대 앞의 우물은 잘 정리돼 있었고 우물은 밥을 먹을 때나 사용할 법한 상으로 야무지게 덮여 있었다.

김영랑 생가 옆에는 1930년대 한국현대시의 분수령을 이룬 '시문학파 기념관'이 자리하고 있다. 1층에 세미나실과 20세기 시문학도서관 그리고 학예연구실이 자리하고 있다. 2층은 시인의 전당과 북카페와 쉼터테라스가 터를 잡고 있다. 개관은 매일 09:30~17:30이며 휴관은 1월 1일, 설날, 추석날이라고 안내하고 있다. 1년에 딱 3일만 문을 닫는다는 말이다. 지난해 경주 박목월 문학관에 갔을 때 월요일이라 문을 닫은 경우에 낭패하고 돌아왔던 기억이 떠오른다. 1년에 3일만 휴관하다니 참 이곳은 대단하다는 생각이 든다.

2014년 3월 1일~16일은 시문학파 기념관 1층 야외무대에서 김영랑, 박용철, 정지용, 정인보, 이하윤, 변영로, 김현구, 신석정, 허보의 '시문학파 동인 대표시 깃발전'이 열리고 있었다. 김영랑의 「모란이 피기까지는」, 박용철의 「떠나가는 배」, 정지용의 「향수」, 정인보의 「자모사」, 이하윤의 「물레방아」, 변영로의 「논개」, 김현구의 「님이여 강물이 몹시도 퍼렇습니다」, 신석정의 「임께서 부르시면」, 허보의 「검은 밤」이 깃발로 진열되어 있었다.

'시의 향기를 머금은 곳'에는 시문학파에 대한 온갖 정보가 가지런히 정리되어 있고 김소월의 『진달래꽃』(1925)과 한용운의 『님의 침묵』(1926) 초간본 등 한국현대시사의 기념비적 시집들도 진열

하고 있어 보는 이를 행복하게 만들었다.

그러나 정지용이 강진의 김영랑 집을 찾았을 때 본 것 같은 혹은 보았을 수도 있었던 동백나무는 찾을 수 없었다. 비는 그치지 않았다.

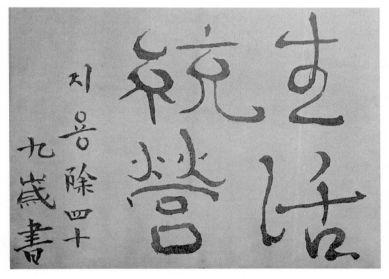

정지용 친필

평나무 위에 둥그런 것은 까치집이 틀림없으나 드는 것도 까치가 아니요

나는 놈도 까치가 아닙니다.

—「때 까 치」 중

잃어버린 노래

음력 정이월에 마른 나뭇가지와 풀을 물어다가 보금자리를 둥그렇게 지어놓고 3, 4월에 새끼를 치는 것인데 뜻 아니한 침략을 받아 보금자리를 송두리째 빼앗긴다는 것인데 이 침략자를 강진골에서는 '때까치'라 부른다고 한다.

정지용은 이 때까치를 '물건너 온 적'이라고 표현한다. 반면 까치는 '조선 새'라 이르고 있다. 그러나 보금자리를 빼앗긴 까치떼가 대거 역습하여 다시 보금자리를 탈환한다면 낮잠이 달아날 만치 상쾌한 통쾌를 느낄만하다고 서술하고 있다.

그렇다. 정지용은 1938년 김영랑, 김현구와 함께 여행을 하며 「남유다도해기」 12편을 마무리하였다. 이때는 일제강점기였다. 그렇다면 때까치는 무엇을 의미할까? 구태여 말하지 않아도 짚이는 곳이 있게 된다.

나는 노이령의 「물계자의 노래」를 생각한다.

서 교수의 「<물계자가> 텍스트 복원에 관한 연구」라는 논문 계획서는 <물계자가>에 대한 원본 텍스트가 없는 까닭에 연구가 거의 이루어지지 않았다. 그것에 대한 배경설화 연구가 고작이었다. 뿐만 아니라 <물계자가>라는 향가가 실제로 존재하였는지조차 확신할 수 없는 상황에서 텍스트 복원 계획은 너무 감상적인 발상이었다. 그러나 서 교수는 수첩에 미완의 구절을 남기고 사라지고, 그의 조교는 서 교수의 글귀에 2구를 덧대어 붙여 박 경위에게 4구체 향가 <물계자가>를 완성하여 들려준다.

> 석 장의 칼을 짚고 온 날 무겁다
> 무겁지 아니한 건 오직 내 이름뿐이다
> 충성이 이미 사로에 다했으니
> 가벼운 걸음으로 사체산으로 들어간다

 "아무것도 남아있지 않은 미완의 노래에 뼈를 세우고 피를 돌게 하고 살을 덧댄 <물계자가>." 이 노래는 웅웅거리며 맴돌다 억겁의 세월 뒤에 다시 노래가 되리라.
 <물계자가>가 만들어낸 신라 향가와 정지용이 만들어낸 그의 여정을 찾고자 백제 땅으로 향한다. 「정읍사」 백제 유일의 가요. 양쪽으로 쪽진 머리에 두 손을 마주 잡고 서있는 여인. 1000년의 사랑을 기다림으로 소금 행상을 나가 백제군에 징집되어 신라군과 싸우다가 돌아오지 못했다던 남편을 기다리며 그곳에 망부석으로 남아있는 여인을 지난다.
 <물계자가>와 「정읍사」 그리고 정지용의 여정을 따라가 보는 작업은 퍽 흥미로운 일이다. 정읍시에서 아양산 동쪽 기슭에 공원을 만들고 망부상을 세웠다. 망부상 앞면에 검은 돌을 박아 그 위에 정읍사 전문을 새겨놓았다. 백제 여인의 한없는 기다림 위에 정지용 문학의 푯대 하나를 세워두고 강진으로 향하였다.
 강진읍 영랑생가길 15에 위치한 순수서정시인 영랑 김윤식 생가

는 국가지정문화재인 중요민속자료로 승격되었다고 한다. 생가 옆 시문학파 기념관에는 1930년대 『시문학』을 중심으로 순수시 운동을 주도하였던 영랑, 용아, 정지용, 위당, 연포, 수주, 김현구, 신석정, 허보 등의 자료들이 그들의 문학세계를 잘 보여준다. 뿐만 아니라 1920~1950년대에 간행된 문예지 창간호 30여종과 1920~1960년대에 출판된 희귀도서 500여 권 등 총 5000여 권의 문학관련 서적이 소장되어 있었다.

'정지용 1902~1950 납북 이미지즘과 주지주의 시세계 개척'이라 소개하고 『지용시선』(을유문화사, 1946), 『정지용 시집』(건설출판사, 1946), 『백록담』(동명출판사, 1950), 『문학독본』(박문사, 1948), 『산문』(동지사, 1949)이 전시되어 있다.

정지용과 영랑은 휘문고보 선후배이다. 영랑이 박용철을 정지용에게 소개해주면서 한국문학사의 획을 긋는 시문학이 탄생된다. 정지용의 수필 「날은 풀리며 벗은 앓으며」에 박용철의 세브란스 병원 입원과 하학길에 박용철의 집을 방문하여 술을 마시고 호탕하게 얘기를 나누며 돌아오는 이야기를 하였다.

또 용아 박용철은 영랑 김윤식에게 "지용, 수주 중 득기일(得其一)이면 시작하지. 유현덕(劉玄德)이가 복룡(伏龍), 봉추(鳳雛) 중 득기일(得其一)이면 천하가정(天下可定) 이라더니 나는 지용이가 더 좋으이."라는 편지를 쓴다. 이로 보아도 박용철은 정지용을 참 좋아하였던 듯하다. 그러니 박용철을 1938년에 먼저 보낸 정지용의 슬픔이 오죽이나 크셨으랴.

정지용을 사랑한 죄로 정지용의 발자취를 따라 밤길 가듯 홀로 더듬거리는 나의 세월도 누군가 잃어버린 노래로 지어 불러주려나.

<물계자가>, 「정읍사」, 김영랑, 박용철, 정지용 그리고 나. <물계

자가>가 나에게 오는 세월은 천년의 세월을 훌쩍 넘겼다. 그렇지만
그 하나의 사랑 노래는 어제인 듯 잃어버린 노래가 되어 내 귓가에
아직도 서성거린다.

1930년 시문학 동인 창립 기념촬영
(아래쪽 왼쪽부터 김윤식, 정인보, 변영로
위쪽 왼쪽부터 이하윤, 박용철, 정지용)

이와 같이 정열이 이운 자리에는 무슨 결실이 있을만한 일이나 대개 무의미한 결실이 이다지도 수다히 주루루 따른다는 것은 나무로도 혹은 슬픈 일일 수도 있을 것이요 사람에게도 이러한 비유는 얼마든지 볼 수 있지 않습니까?

－「체 화」 중

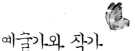

예술가와 작가

꽃이 가지에서 피지 않고 아랫동아리 덩치에서 어린아이 몸둥이
서 피어나는 홍역꽃처럼 탐스러운 정열에 못 견뎌 진홍으로 피어나
는 꽃을 강진에서는 체화(棣花)라고 한단다. 꽃이 이운자리에 완두
콩 같은 열매가 맺는다. 그러나 열매의 용도는 먹는 것도, 기름을 짜
는 것도 씨를 뿌려 다시 모종하는 것도 아닌 그저 매달려 있기 위
한 열매란다. 이런 무의미한 열매가 열리는 것은 나무로도 슬프단다.
그러나 체화나무 열매는 모두 한 성(姓)이란다. 즉 형제간을 상징한
다. 하지만 사람의 정열에서 맺는 열매는 성(姓)도 다를 수 있으니
그것은 매우 슬픈 형제일 것이라고 정지용은 서술하고 있다.

그렇다.

정열이라는 것은 사람을 적극적이고 진취적이게 만드는 힘의 원
동력을 이룰 수 있다. 그러나 그것이 지나치거나 그릇된 정열을 헛
군데에 쏟아버린다면 모든 일을 그르치게 할 수 있다. 참 생각해보
면 공평한 세상이다. 옛말에 '저 먹을 복은 다 타고나는 법이다'고
했다. 필자도 이 법칙을 증명이라도 하는 듯 밥을 굶지 않는 것에
피식 웃음이 나온다.

말이 어눌한 사람은 글을 잘 쓴다. 글을 잘 쓰는 사람은 말을 썩

잘하지 못한다. 물론 말도 글도 잘되는 사람도 많다. 그런데 정말 억울하게도 말도 글도 항상 시원찮은 사람도 부지기수다. 대부분의 사람들은 자신이 어느 부류의 사람인지 생각하지 않고 자기 의견을 아끼거나 내뱉는다.

그러나 큰일 날 일은 여기에 있다. 그렇게 말을 아끼고 겸손을 자칭하며 조용히 있을 때도 사회라는 큰 축은 여전히 움직이고 있게 마련이다. 스스로 말과 글이 모두 어눌하다고 생각하는 사람과 말과 글이 모두 훌륭하다고 생각하는 사람들이 양분되며 사회를 이끌기 때문이다.

전자는 어눌하다는 생각에 사회 공간에서 주눅 들어 있다. 후자는 항상 자신감이 팽배하며, 주위의 시선을 끈다. 그래서 말과 글을 갖춘 사람이 앞서서 세상에 자신의 의견을 반영한다. 때로는 그 의견으로 사회를 지배하기도 한다.

그러나 어찌하랴! 인간 사회에도 최소량의 법칙이 존재하는 것을. 즉 식물의 생육에서 그 식물이 필요로 하는 여러 물질 중에서 가장 적게 존재하는 물질에 의해 지배된다는 법칙 말이다. 이것을 보면 인간은 조금 모자라거나 지나치게 남는 것을 좋아하지 않는 것인지도 모른다. 인간 사회도 생물처럼 최소량의 법칙이 존재할 거라는 생각이 불현듯 든다. 인간이 이러할진대 하물며 예술가라 지칭되는 작가의 삶은 어떠한가?

예술이란 일체의 '실리를 떠나 인간의 육체적·정신적 활동을 빛깔·모양·소리 등에 의하여 미적으로 창조·표현하는 인류 문화 현상의 하나'며 예술가란 '예술 창조 사업을 전문으로 하는 사람'을 이른다고 표준국어대사전은 정의하고 있다.

그러면 우리는 예술이라는 옷을 입은 예술가인가? 그것도 아니면 작가인가? 작가란 '시가(詩歌)·소설·그림 그 밖의 모든 예술품을 창작하는 일에 종사하는 사람'이라고 정의 된다. 그러면 '예술가'나 '작가'는 일정한 혹은 유동적이나마 '~을 전문으로 창조하는 사람'이거나 ~을 창작하는 일에 종사하는 사람'이면 되는 것인가?

이런 '~사람'이 되면 작가나 예술가로 대접을 받을 수 있는 것인가? 스스로 반문하게 된다. 우리는 작가로 예술가로 어떻게 살아야 하는가? 우리는 작가적인 태도를 지녀야 한다. 작가적이란 '작가로서의 주의·주장·양심·태도를 가지는 것'을 지칭하는 말이다.

우리는 예술가나 작가를 주장함에 있어 스스로 만족하거나 교만에 이르지 않아야 할 것이며 작가적인 예술가, 작가적인 작가로 사회를 이끌어야만 할 것이다.

'서울담쟁이'라는 말이 있다. 자기 책임을 다하지 않는 사람을 그렇게 부른다. 서울에서는 담장을 쌓을 때 꼭 2인 1조를 이뤄 쌓는다. 한 사람이 담장을 쌓을 동안 다른 한 사람은 담장에 기대어 서 있다. 담장 쌓기가 끝나고 돈을 받을 때까지 그렇게 담장에 꼼짝도 않고 담에 기대어 있다가 돈을 받으면 서둘러 그 자리를 뜨는 것이다. 그들이 마을을 벗어날 쯤에는 담장이 와르르 무너져 버리고 만다. 이런 무책임한 사람을 이를 때 쓰는 서울담쟁이라는 말에 (서울 사람들에게는 미안하지만) 작가라는 꼬리표를 단 나는 가끔씩 동의한다. 서울담쟁이 같은 사람이 되지 않으려 스스로 경계를 게을리 하지 않으려고 노력한다. 그러나 남들이 보기에는 별반 서울담쟁이와 다르지 않을 것이라는 생각에 또 다시 웃음이 나온다.

작가적인 정신을 갖고 작가적인 삶을 사는 사람들에게 서울담쟁이와 같은 누를 끼치지 않는 예술가와 작가가 되어야 한다. 서울담쟁이 같지 않은 작가, 어눌하지만 최소량의 법칙에 어긋나지 않는 작가적인 작가와 예술가가 그리워지는 밤이다.

무의미한 열매를 매달아 슬픈 체화처럼 예술가와 작가는 적어도 가슴이 시리거나 슬픈 열매는 매달지 않았으면 한다.

1932~33년께 8월 14일 삼천리사 주최 문학좌담회가 끝난 뒤 종로 2가 백합원에 모여서
(아래쪽 오른쪽부터 정지용, 노천명, 이선희, 최정희
위쪽 오른쪽부터 김동환, 김기림, 이하윤, 이헌구, 김억)

여리고 숫스럽게 살찐 죽순을 이른 아침에 뚝뚝 꺾는 자미란 견주어
말하기 혹은 부끄러운 일일지 모르나 손아귀에 어쩐지 쾌적한 맛을
모른 체 할 수 없다는 것은 시인 영랑의 말입니다.

―「오죽·맹종죽」 중
鳥竹 孟宗竹

옛 스승과의 조우(遭遇)

죽순을 따본 기억이 없다.

그러니 죽순을 따는 손아귀의 느낌은 알 수가 없다. 하지만 대나무에 대한 생각을 하루 종일 한 적은 있다. '옳고 곧다'며 사군자의 표상으로 추켜세워지던 대나무. 그 대나무 숲에 들어가 본 적이 있는가?

어릴 적 외갓집 뒤란은 대나무 숲이었다. 나는 외갓집을 생각하면 밤나무 감나무로만 동산을 만들고 있던 우리 집 풍경을 동시에 생각하게 된다. 가을이면 초록색 쉼표들을 땅 위에 떨구어주던 우리 집 나무들. 나는 그 동산의 나무들을 붙들고 살았다. 내 안에 금과 틈이 생길 때마다 구호 신호처럼 그 기억들을 부여잡았다.

일곱 살이었을 것이다. 아니었을 지도 모르지만 내 기억은 그렇다고 말한다. 뒤란을 지나 슬며시 대숲으로 들었다.

웅. 셩. 우. 스. 스. 쌰. 하. 스. 쌰

그때, 대나무가 '곧아서 좋다'는 마음에 변함이 없으려다 실패하고 대숲을 나와 버렸던 기억이 오래 오래 머물렀다. 그때 기억은 그랬다. 그 후, 어느 수필가의 '선비가 대나무의 속성을 닮아 그리도 시끄럽다' 는 말에 가끔씩 동의하며 생각에 잠기곤 했었다.

그러나 지천명의 길을 걷는 나는, 누군가의 가슴을 열고 말하고 싶다. 대나무가 그리도 웅성거리던 것은 바람을 견디려는 몸짓이었다는 것을, 무수히 뜨고 지던 아우성의 견딤이라는 것을. 내가 그것을 알아내기까지는 얼마나 지루한 반복의 길을 수없이 걸어야 했던가.

모처럼 봄날 같다. 하늘이 높고 바람이 간혹 불어준다. 남쪽으로 향하는 가벼운 마음이 깃털을 달고 날아가는 듯하다. 어제 내리던 비는 그치고 오늘 날씨는 바짝 고개를 들었다.

경부, 대진, 호남 고속국도를 오르내리며 호남의 넓은 평야를 바라본다. 골 깊은 옥천을 떠나왔다는 해방감을 느끼며 부안 석정 문학관에 이른다.

지난해 5월에 다녀갔으니 1년이 채 안 되어 다시 찾은 석정문학관. 그때는 문학회 회원들과 왔지만 지금은 정지용과 관련된 동시대인들의 문학의 흔적을 찾으러 헤매며 다시 오게 되었다. 그때보다 더 많이 궁금하고 그때보다 비교할 수 없을 만큼 더 알아내야 한다. 그리고 더 많이 보아야하고 더 많이 보여야한다. 석정문학관에는 정지용과의 인연을 이렇게 적고 있다.

1930년 서울로 올라가 석천 박한영 대종사 문하에서 1년 남짓 공부하다가 조종현(시조시인. 소설가 조정래 부친) 등 원생들과 함께 문예작품 회람지 『원선』을 만들었다. 이때 박용철이 주관하는 『시문학』과 연결되어 당시 시단의 거두였던 정지용을 비롯, 이광수, 한용운, 주요한, 김기림 등의 문인을 만나게 된다. 이러한 인연으로 1931년 시문학 3호에 「선물」을 발표하고 시문학 동인이 되었다.

'시단의 거두였던 정지용'을 신석정은 그렇게 만나고 있었다. 이렇게 『시문학』은 불과 3호로 막을 내리지만 프로 문학의 목적성, 도식성, 획일성에 반하여 순수문학을 옹호한 모태가 되었다. 또한 시를 언어예술로 자각함으로써 현대시의 시발점을 마련하게 된다.

『시문학』 동인의 삼가(三家)를 정지용, 박용철, 김영랑이라 이곳에서는 소개하고 있다.

> 2009년 『신석정 전집』 5권이 국학자료원에서 간행되었다. 그동안 몇 년에 걸쳐 허소라, 김남곤, 정양, 오하근 등이 신석정 전집 간행위원회를 구성하여 신문사와 도서관과 인터넷을 전전하면서 신석정의 모든 작품을 수집하여 수록 작품의 출처와 연대를 밝히고 이를 분류하여 1권은 시집, 2권은 유고시집, 3권은 번역시집, 4·5권은 산문집으로 발간했다.

이 안내문 앞에서 나는 옛 스승과 만나게 되었다. 그동안 안부한 번 여쭙지도 못한, 다가가기 어려워 감히 안부가 궁금하여서도 아니 될듯한 스승님. 그 스승님의 존함을 저 안내판에서 읽고 신석정과 꼭 닮으셨던 나의 스승님을 다시 떠올려 본다. 항상 마음으로 말씀하셨던 분. 넉넉함과 온유함을 드러내지 않아도 배어 나오시던 분. 이렇게 스승과 제자와 또 다른 스승과 제자는 영원의 징검다리를 건너며 만나지는 것인가?

그 옛 스승님의 『헛디디며 헛짚으며』라는 시집을 읽는다. 지금 나는.

지리산 호랑이는 딱총을 맞아도 다만 더러운 총을 맞았다는 이유로

분사한다는데 이곳 유자나무도 그러한 계통을 받은 것이나 아닐지.

—「석류, 감시, 유자」 중
石榴 甘枾 柚子

지금은 사라진 것들

강진골에 감은 익기 전부터 달며 현해탄을 건너와 잘 자란다. 석류도 시디신 줄 알았더니 달디 달단다. 여닐곱 살 된 아이 주먹만한 유자는 쩍쩍 벌어져 잇몸을 드러내고 있다. 괴팍스러워 보이지만 천하지는 않아 보인다고 정지용은 말했다.

그러나 영랑 생가를 찾았을 때는 정지용이 다녀갔던 그때 그곳이 아니었다. 전에 왔을 때도 비가 왔다. 이곳만 오면 비가 온다. 아니 나는 비가 오는 날만 골라 이곳에 오는 것인지도 모르겠다.

비 오는 날 과꽃이 머리를 숙여 온 몸으로 비를 맞고 있었다. 바람이 불고 추웠다. 우산을 들고 있는 손이 시렵다. 시린 손 안에 우산 대공이 바람에 흩어지려 한다. 더 세게 잡았다. 그래도 우산은 바람을 타고 날아가려 한다.

과꽃은 가끔 머리를 흔들고 빗방울을 삼켰다. 한참을 바라보니 다시 삼키고 내뱉는다. 조르륵 꽃잎 사이로 빗방울이 삐져나온다. 흡사 현재의 과꽃이 과거를 삼키듯. 그렇게 슬픈 전설을 빗소리에 전한다.

'과부꽃'이라는 '과꽃'의 우수에 젖을법한 이야기를 꽃으로 견뎌낸 이 꽃의 유래가 떠오른다. 이 꽃을 보니 잊고 있었던 이야기가 기억

된 것이다.

백두산 기슭에 추금이라는 예쁜 과수댁이 살고 있었다. 과수댁은 어린 아들과 함께 남편이 평생 아끼고 가꾸던 꽃을 가꾸며 일과를 보냈다. 추금이는 워낙 깔끔하고 아름다운지라 중매쟁이들의 재혼 권유가 끊이지 않았다. 그러던 어느 날 추금이의 마음이 흔들렸는지 남편이 꿈에 나타났다.

남편과 추금은 꿈속에서 몇 년을 살았다. 정말 꿈같은 세월을 보냈다. 꿈속에서도 꿈이 아니길 바라며 행복하게 살았다. 그러던 어느 날 남편이 바위에 핀 꽃을 꺾으러 갔다. 그러나 남편은 그 꽃을 꺾다가 바위에서 떨어졌다. 추금은 그 광경을 보고 잠을 깨서 밖으로 나가 보았다. 뜰 앞에 가꾸던 흰 꽃이 달빛을 받아 수줍게 분홍빛으로 물들어 있었다.

추금은 그 꽃을 보며 남편 꽃이라 여겨 수절을 하였다. 중매쟁이의 모든 재혼 권유도 듣지 않았음은 물론이다. 이 모습을 본 사람들은 그 꽃을 '과부의 꽃'이라 부르기 시작했다.

생각이 이쯤에 이르자 석류와 감시 그리고 유자가 뜬금없이 보고 싶어진다. 그때 정지용이 보았다는 석류와 감시, 유자는 지금 볼 수 없었다. 나는 그것들을 이곳에서 볼 수 없음을 안타까움으로 남긴다.

『지용시선』(을유문화사, 1946) 표지화

『문학독본』(박문출판사, 1948) 표지화

소나기가 쏟아질듯 하니 어린 것 데리고 어서 들어가라고 재촉하여
보내 놓고도 기차가 떠날 시간은 아직도 남은 것이었다.

－「이 가 락」 중
離家樂

선운사 이정표

집을 떠나는 즐거움은 흡사히 집을 찾아드는 것과 같이 즐거움이라 하였다.

정지용은 1913년 『기탄잘리』로 노벨문학상을 받았던 라빈드라나트 타고르 시인의 작품을 기억하고 있다. 어린 아기가 초사흘 달나라에서 부족한 것 없이 행복하였다. 하지만 엄마 품에 안겨 우는 부자유가 그리워 이 세상에 내려온 것이란다. 완전한 자유보다 사랑에 사로잡히는 것이 더 행복하다고 하였다.

여행을 떠나보자.

집을 떠나는 홀가분함은 여행갈 준비를 하며 짐을 꾸릴 때뿐이다. 필요한 준비물을 싸고 또 빠진 것이 없나 돌아볼 때의 설렘. 그 설렘으로 즐거움을 상상하고 그려본다. 즐거울 것들도 생각해 본다. 행여 다른 사람이 불편해지지 않을까 걱정도 하며 남에게 폐가 되지 않으려고 이것저것 생각도 해본다. 주의해야 할 점도 체크한다.

가족이 정지용의 제주도행 발자취를 따라가기 위해 모두 모였다.

제대를 하고 복학을 한 큰아들, 대학 1학년인 둘째까지 모여 배를 타기로 했다. 여행단장은 남편이다. 남편은 서너 달 전부터 계획을 세우고 배를 예약하였다. 나는 정지용이 김영랑과 여행한 발자취 그대로 따라가겠다고 남편에게 주문했고 그는 그 주문을 성실히 이행해주려고 노력하였다. 우리 셋은 굴비 두릅처럼 줄줄이 남편이 시키는대로 따라간다.

새벽 2시에 출발해 호남고속국도를 지나 정읍에서 서해안고속국도로 바꿔간다. 길을 모르는 우리들에게 길안내 서비스는 상냥히 잘도 안내한다.

처음 보는 이정표들. 낯선 길. 흡사 밤의 별들처럼 반짝이며 도로를 지나는 자동차들이 참 신기하게 다가온다. 우리 차도 그 별들 중 하나가 되어 빛을 내며 달리고 있다.

선운사 이정표를 지난다.

선운사에서 결혼했다는 어느 수필가를 생각한다. 이곳을 그리며 몇 번이나 선운사를 이야기하던 이마가 시원한 수필가.

바람처럼 휘이휘이 내 집을 다녀가며 "묘순아 또 오게. 내 딸!"하며 손을 흔들어 주던 어머니처럼 다정하셨던 분. 고개가 선운사 이정표를 쫓는다. 이정표가 보이지 않을 때까지 고개를 뒤로 젖히며 바라본다. 그리고 이내 이정표를 놓치고 만다.

아이들은 뒷좌석에서 잠들었나보다.

부모님과 동행이 썩 내키지는 않을 수 있는 나이. 그러나 군소리 없이 동행해주니 참 기특하고 고마운 일이다.

가만가만 소리가 들린다. 쌕쌕거리며 자는 숨소리다.

저 숨소리는 내가 살아있음의 신호고 그들의 삶의 신호다. 이렇게 힘차고 고요한 희망의 리듬은 집을 떠나 여행을 할 때 들리는 벅찬 감동이리라.

창경원에서 정지용(가운데)의 제자들과 함께

한숨에 갑판 위에 오르고 보니 갈포 고의가 오동그라질 듯이 선선한

바람이 수태도 부는 것이 아닙니까.

－「해 협 병 (1)」 중
海峽炳

밀려서 1등

　목포의 새벽은 희뿌연 안개를 물고 있다.

　새벽 2시부터 밤새도록 달려온 목포의 아침은 안개 사이로 햇살을 숨기고 민낯을 내밀었다. 뱀 등허리처럼 늘어선 선적을 기다리는 차량들. 그 사이로 우리 차도 뱀 비늘의 일부처럼 그들 속에서 우물거렸다.

　아침 5시.

　차량을 선적하고 항구 앞 백반집에서 먹은 조반은 육지의 나뭇잎 같은 녹색 냄새는 나지 않았다. 육지에서 일상 먹던 밥이 지니는 그 맛과 사뭇 달랐다. 가랑잎 같은 맹랑한 맛이다. 쓰지도 달지도 짜지도 않은 맹한 맛. 그 맛을 등지고 대합실로 갔다.

　대합실은 벌써부터 사람들로 빼곡하다. 화장실에서 아침 세수를 마쳤다. 우리도 군중 속으로 비집고 들어가 뒤섞였다. 그리고 이내 잠을 청했다. 이곳에서는 의자에서 자지 않으면 이상할 것 같은 분위기다. 대부분의 사람들이 자리를 잡고 앉아서 혹은 의자에 길게 누워서 자고 있었기 때문이다.

　제주도를 가기 위해 정지용은 밤 9시 반 배를 탔다고 했다. 김영랑, 김현구, 정지용 이렇게 셋이서 동행하였다고 한다. 우리는 두 아들과 남편 이렇게 넷이서 동행하였다.

우리는 오전 9시 씨스타크루즈를 탔다. 승객을 부르는 방송이 나온다. 지금까지 잠든 줄만 알았던 사람들이 일제히 일어나 우르르 개표구로 향한다. 그 모습은 스크린에서 볼 수 있었던 6·25 한국전쟁 후 밀가루 배급을 받던 영상과 같겠다는 생각이 든다.

나는 일어설 기운이 영 개운치 않다. 일부러 뭉그적거리며 시간을 벌었다. 아들에게 좀 더 앉아있다 가자고 제의를 한다. 그러자고 착한 대답을 해준다. 고마운 일이다.

천성이 게으른 나는 누구 앞에 나서는 것이 똑똑하지 않다. 자꾸만 뒷걸음질을 놓다 누군가 떠다밀어 놓으면 맨 앞에 설 때가 더러 있다. 그 자리는 모두들 앉기 싫은 자리다. 그러나 사람들은 이럴 때는 앞으로 밀려드는 것을 멈추고 주춤거리는 나를 거세게 밀쳐 놓는다. 우물거리다 맨 앞의 선두가 돼 버렸을 때의 당황스러움은 예상치 못한 화살을 맞았을 때와 흡사하다.

5년 전 (사)한국문인협회 옥천지부장이 맡겨졌을 때의 당혹스러움을 지금도 기억한다. 협회장으로 추대를 당한 것을 안 순간 번뜩 스쳐간 것은 도망갈 궁리였다. 그 궁리를 만족시켜준 것은 총회에 참석한 회원의 정족수가 충족되지 못하였다는 것이었다.

'정족수가 충원되지 않아 이 회의는 무효'라며 옷에 붙은 먼지 털듯 탈탈 털고 도망 나왔던 기억이 새삼스럽게 떠오른다. 그 기억 속으로 미소가 번진다. 후에 정족수를 채우고 나서 회장의 임무를 맡을 수밖에 없었다. 지난 일이지만 지금 생각해도 주춤거리다 1등이 되어버렸던 웃지 못할 이야기다.

크루즈 안으로 들어갔다. 이미 들어와 있는 사람들이 웅성거린다.

543호실을 찾았다. 40~50여명은 들어갈 수 있을 것 같다.

바닥이 차갑다. 그냥 앉아있기도 서있기도 어렵다. 선내에 비치된 구명조끼를 꺼내 깔고 앉았다. 그냥 견딜만하였다. 그러나 선내 방송이 나온다. 구명조끼를 제자리에 두란다. 우리는 구명조끼를 정리해 제자리에 놓을 밖에 없다. 얌전히 정리해 놓을 밖에.

이제, 밀려서 1등이 되었던 지부장의 임기를 재임까지 마쳤다.

나의 임무도 얌전히 정리하였다. 마치 집을 떠날 때의 즐거움처럼, 소임을 마치고 돌아설 때 미련보다 후련함이 앞섰다.

떠나보지 않은 사람은 모르리라. 이 홀가분함과 후련함을. 집 떠나는 즐거움은 마치 집을 찾아드는 행복감과 같은 것을.

나는 꼭 바로 누워있는 나의 코ㅅ날과 수직선 위에 별 하나로 일점을

취하여 놓고 배가 얼마쯤이나 옮겨가는 것인지를 헤아려 보려고 하였

습니다.

—「해 협 병 (2)」 중
海峽炳

어설픈 기우(杞憂)

정지용과 나는 견우직녀 같다.

정지용은 밤배를 타 거뭇거뭇한 섬들을 보며 이 길을 지났다. 나는 낮배를 타고 이 길을 지난다. 섬들이 파도 속에 숨었다 얼굴을 내민다. 바다는 여전히 바람이 심한가 보다. 파도의 움직임이 허리를 기우뚱거린다.

선실 사람들이 한무리 밖으로 나간다. 갑판에서 시원한 바람을 쐴 모양새다. 그러나 으실으실 떨린다는 표정을 지으며 밖으로 나갔던 사람들이 이내 선실 안으로 들어온다. 손에 음료수만 하나씩 쥐고 들어와 제자리에 앉는다.

나는 춥냐고 묻지 않기로 하였다. 추운 표정이 얼굴 가득히 묻어 있기 때문이다.

선실 안에 있는 이들은 대부분 가족 단위로 관광을 가는 모양이다.

할머니, 중년 부부, 중고등 학생이나 대학생으로 보이는 이들이 많다. 화목해 보인다. 누워서 잠든 가족을 위해 옷가지로 덮어주며 추위를 쫓아내는 모습이 참 아름답다.

우리 가족도 옷가지를 덮고 누워있다. 우리도 저들처럼 아름다운 광경을 연출하고 있는 무리 중 하나일 것이라는 생각이 든다.

큰아들이 나의 바스락거리는 소리에 눈을 뜨고 웃어준다. 손을 잡고 편의점으로 갔다. 편의점 옆 파리바게트는 빵이 품절되었단다. 승객들이 배가 많이 고프거나 심심한 모양이다. 특이한 물병에 담긴 물과 주스와 과자를 사서 돌아왔다. 과자를 먹는 소리가 바스락거린다.

사람들이 하나 둘 눈을 뜬다.

나는 소리와 먹을 것과 사람들 사이에서 고민을 하였다. 바스락 소리에 사람들의 잠이 깨면 어찌할까? 그러나 미리들 잠을 깨워서 고맙다.

추자도를 지난다.

우리는 멀미 없이 추자도를 지나 바다를 건넌다. 멀미약을 사서 먹어야 하는지에 대한 걱정은 여전히 기우(杞憂)에 불과했다.

사람은 때로 하지 않아도 될 걱정을 한 짐씩 지고 무거워한다. 오지도 않은 걱정을 올지도 모른다는 불안감에 잠 못 들기도 한다. 나도 사람인지라 배멀미를 걱정하고 바스락거리는 과자 먹는 소리를 걱정하였다. 그러나 그 걱정은 나에게 오지 않았다. 고맙다.

키가 훤칠한 감나무는 아직도 여름을 입에 문 까치밥을 매달고 있다. 까치밥은 서리를 추스릴 틈이 없어 붉었던가? 귀가가 늦어져 서두르는 달 사이로 나의 주름살이 밀리고 있다. 늘 환한 등불만 켜 놓을 수 없는 인생이지만 감정을 묶은 책 한 다발 누군가에게 불쑥 내밀고 싶어진다.

나는 지금 맥없이 놀기만 하기에는 너무 젊고 꿈 없이 지내기엔 어설픈, 지천명 고개를 넘고 있다. 늙었다. 아니 젊었다. 그래서 마음의 빗장을 힘껏 풀어 헤쳤다. 그 빗장으로 투명한 생각들을 정리

한다. 아주 오래전 연필에 침을 발라 꾹꾹 종이가 찢어지도록 글을 썼던 기억들. 그 기억들이 그리워진다. 나는 이제 정성을 다해 잠시라도 머리에 머물다간 생각들을 그려내려 한다.

안으로 균열과 금이 생겨 수없이 뜨고 졌을 언어들을 모아 밤새도록 커서를 또각거린다. 나는 내가 만든 글귀에서 싸라기 눈발을 맞기도 한다. 때론 온전히 그 글들을 발가벗겨 폭풍의 언덕으로 내밀기도 한다. 모진 회초리를 들어 만든 수없이 많은 언어들과 마주쳤을 때의 두려움과 상면하는 밤이 있다. 그런 밤이면 한 움큼의 글을 쥐고 세상과 마주서 본다. 결코 만만치 않은 길이다.

이것은 반복이다. 아주 지루한 반복이다. 그래도 한 발 더 내디뎌 보면 푸른 쉼표 하나 기다리고 있을 것이라는 희망을 하늘 끝에 매달아 본다. 그 희망의 등에 살짝 업혀 풀밭을 서성인다. 나는 문득 쳐다본 하늘이 그리워 고운 시를 마당 가득 부어 놓는다.

글이 되지 않는다고 하늘에 돌팔매질만 할 수는 없지 않은가? 이렇게 시가 써지지 않는 건 비 내리는 창문 밖에 맨몸으로 서있어 본 적이 없어서다. 이렇게 잠이 오지 않는 건 달갑지 않은 오늘을 보내서다. 또 이렇게 여러 줄 글을 늘어놓는 건 다시 내일 아침이 오기 때문이리라.

배는 해를 안고 바다 위를 구른다. 제주도에 도착하였다는 안내 방송은 아직 없다.

이상스럽게도 혀끝에 돌아가는 사투리며 들어보지 못한 민요며 연애와 비애에 대한 풍습이며—그러한 것들이, 어쩐지, 보고 싶어 하는 생각이 불 일듯 하는 것이 아닙니까.

—「실 적 도」중
失籍島

정지용의 시론(時論)과 나와 아들

추자도는 지도에서도 슬쩍 지워도 표시가 나지 않는다하였다. 선생님이 돋뵈기를 쓰고 검사해야 겨우 발견할 수 있다하였다. 녹두 알 만한 이 섬은 소학교(초등학교) 시험에도 건너 뛴다하였다. 그러나 추자도는 새벽에 샛별같이 또렷하다하였다. 그도 그럴 것이 정지용은 새벽에 이 추자도를 지나가고 있었다. 그때도 바람이 불었다한다. 갑판 위에 있던 사람들도 잠이 들었다한다.

샛별같이 빛나는 추자도를 고무(지우개)로 지워버린 이성에게 꾸지람을 듣겠다하였다. 그러나 어린 학우들의 행방과 이름을 까마득히 잊었으나 추자도라는 이름을 이때까지 지니고 왔다하였다. 그러니 전생에 적지 않은 연분이 있었던 모양이라고 하였다. 정지용 선생님은 그랬다.

큰아들의 사회지도 그리기 숙제를 떠올려본다. 중학교 1학년 여름방학. 마분지를 접고 접어 위선과 경선을 표시하느라 방학 내내 두문불출하던 아이. 빨리 그리지 못하고 느릿느릿 게으름을 부린다고 핀잔을 들으며 한국지도를 완벽히 완성하였던 아이. 그 아이가 의경을 제대하고 내 옆에 앉아 손을 잡는다.

행여나 어머니의 하는 일에 방해가 될까봐 조심조심 다가온다.

추자도까지 빼놓지 않고 섬세히 그려 넣던 그 작던 손. 방학 내내 땀이 범벅이 되도록 그리고 지우고 접기를 수백 번 하던 아이. 그 아이가 이렇게 자라 내 옆에 있다.

이렇게 삶은 이어지나보다. 내가 정지용을 기억해내듯 또 다른 누군가 나를 기억해내지 않을까?

옥천군이 중국 연변 윤동주 생가에 정지용 시비건립을 추진하고 있다. 옥천군 수장과 문화계 대표가 연변을 다녀와 보도됐고, 연변 지용제에도 다양한 관련자들이 방문해 성황리에 행사를 치렀다고 발표했다. 그러나 여전히 군민들의 반응은 "왜? 연변에?" 라는 의문의 목소리를 연신 신음처럼 쏟아내고 있다.

우리는 정지용의 전기적 연구에 관심을 두어야 한다. 이는 가장 가까이에서 그의 진솔한 모습을 볼 수 있기 때문이다. 누구나 알고 있는 사실을 앵무새처럼 말하지 말고, 꼭 알아야 하는데 간과하고 지나치는, 몰랐던 것들에 애정이 결핍되지 않았나 살펴야 할 일이다. 어쩌면 이것이 옥천만의 정지용으로 군민들의 사랑을 받고, 그들이 정지용을 이해하기 쉬울 수도 있다.

정지용의 시론(時論)과 도덕주의자로서의 면모와 윤동주의 영향 관계는 무관하지 않다. 그는 윤동주가 민족에게 가지는 소속감이나 애착심 그리고 그것을 강조하는 시인으로 조국과 민족 앞에 한갓 시나 쓰는 부끄러운 자아성찰의 자세를 일깨우는데 일조하였다.

문학평론가 김환태(1909~1944)는 「정지용론」에 "정지용은 아직 우리에게 완성하였다는 느낌을 주는 시인은 아니다. 그는 앞으로 몇 번이나 변모하여 우리를 놀라게 하여 줄는지 모르는 미완성의 시인이다." 라고 서술하고 있다.

정지용은 우리를 그의 시적 감흥에 놀라게 하기도 하고, 그의 삶에 나타난 고뇌에 고개를 끄덕이게도 한다. 특히 그는 1920년대 후반부터 1930년대 중반까지 시를, 1930년대 중반 이후부터는 수필을 주로 발표하게 된다. 그리고 1943년부터 1945년까지는 한 편의 작품도 발표하지 않고, 1946년부터 많은 산문을 발표한다.

이것은 정지용이 처한 현실이 그를 산문적 상황으로 내몰고 있었기 때문이다. 이러한 정지용 수필은 일종의 댄디이즘과도 통한다고 할 수 있다. 전래되어 오던 수필의 범주에서 벗어나고픈 수필의 변주곡을 연주한 셈이다.

정지용 수필의 변주곡은 시론(時論)에서 잘 나타난다. 인간과 자연을 대상으로 그것을 수필화한 것과는 달리 보들레르의 '댄디'에 해당하는 '자연에의 체계적인 반발'을 시도하고 있다. 자연에의 반발이 의미하는 정지용 수필의 해방 후 지향점은 무엇인가? 그 지향점을 찾는 작업으로의 노력으로 그는 시론이라는 변주곡을 연주하게 된 것이다.

1945년 해방 이후에 정지용이 중수필적 성격을 띤 시론을 주로 발표하게 된 것은 시대적 현실과도 무관하지 않다. 문학은 현실의 반영물이다. 정지용의 시론도 이 현실의 강력한 반영물이다. 일제강점기라는 긴 터널을 지나고 해방을 맞이하게 된다. 해방 직후는 일제강점하의 식민 잔재의 청산과 새로운 민족 문화 건설을 위한 노력이 활발했던 격동의 시기였다.

해방 직후 조직 활동을 전개해 문단의 주도권을 장악한 것은 좌익 문학가 동맹 측이었다. 한때 이들은 전 문단을 석권하는 듯하면서, 공산당의 지령으로 문학을 투쟁의 수단으로 이용하였다. 한편,

민족진영은 순수 문학을 주장하여 청년문학가협회를 결성하여 이에 대항하였다. 이렇게 해방 직후는 이데올로기 대립의 시대였다. 좌우의 이념 대립에 따른 결과물로 문학 작품이 정치적, 사회적인 경향을 강하게 띠게 되었다. 우리 민족은 식민지의 굴레에서 벗어났지만 이념이라는 더 큰 굴레를 쓰게 된 셈이다.

한편, 1950년 6·25 한국전쟁이 발발하면서 우리 민족은 동족상잔이라는 큰 구렁텅이에 던져지고 만다. 정지용도 우리 민족이 처한 이 시대적 현실과 무관할 수만도 없었다. 해방 후 6·25에 이르기까지 정지용 즉, 지식인으로서의 정지용은 정치적 입장과 관련 심히 더 혼란스러웠을 것이다. 그는 어찌할 수 없는 국가적 현실에 묵인할 수만은 없었을 것이다. 그렇다고 시를 쓸 수도 절필을 할 수도 없었을 것이다. 이때 그가 글쓰기의 한 형식으로 취한 방식이 시론(時論)이었다.

정지용은 시론을 논하고 나의 큰아들은 실적도를 놓칠까봐 지우개로 지웠다 다시 그리기를 반복하고 나는 그것들을 지금 기록하고 있다.

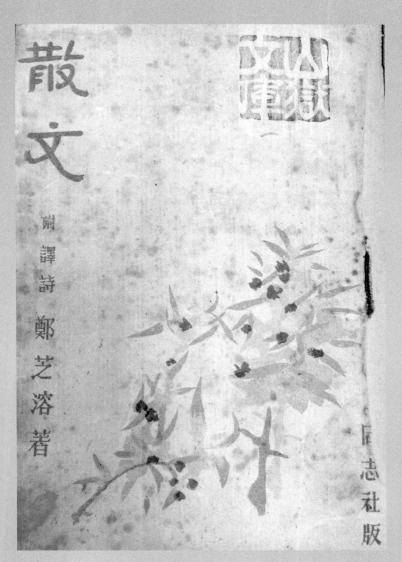

『산문』(1949) 표제화

슬프지도 않은 그늘이 마음에 나려 앉아 좀처럼 눈물을 흘린 일이 없었기에 이제는 나의 심정의 표피가 호도 껍질같이 오롯이 굳어지고 말았는가 하고 남저지 청춘을 아주 단념하였던 것이 제주도 어구 가까이 온 이날 이른 아침에 불현듯 다시 살아나는 것이 아니오리까.

-「일 편 낙 토」 중
一片樂土

해어화(解語花)

미치도록 부르고 싶었던 노래, 그 노래가 내 것이어야 했다.

잘 다듬어진 소설 한 권 읽고 싶어 서점을 더듬거렸다. 그러다 마음에 꼭 맞는 영화 한 편을 보기 위해 극장을 서성거리다 만난 영화.

'해어화(解語花)'

'말을 알아듣는 꽃'이라는 뜻으로 중국 당나라 현종이 양귀비를 가리켜 이르던 말에서 유래한 '아름다운 여자'를 이른다고 한다. 달리 '기생(妓生)'이라 말하기도 한다.

1943년 기생학교 '대성권번'에서 소율과 연희가 친구가 된다. 소율 오라버니로 등장하는 윤우는 소율에게 조선의 소리를 작곡해 주려했다. 그러나 우연히 연희의 소리를 듣게 된다. 윤우는 연희에게 '조선의 마음'이라는 레코드를 취입하게 만든다.

기생을 어머니로 둔 소율과 아버지로부터 버림받은 연희는 윤우와 조선의 마음을 두고 갈등을 일으킨다. 조선 하층민의 한을 그리고자한 윤우를 사랑했던 소율은 친구 연희에게 사랑과 조선의 마음을 빼앗긴다. 그의 전부였던 것들을 빼앗긴 소율은 일본인 경무국장을 이용해 놓쳐버렸던 것을 찾으려 한다. 그러나 연희와 윤우는 소율이 원하던 것들을 뒤로하고 그녀의 곁을 떠났다.

1991년 대성권번 터에서 포크레인 작업 중 사라졌던 '조선의 마음'이라는 레코드가 발견되고 복원에 성공한다. 마지막 기생 소율은 방송국에서 '조선의 마음'을 불렀던 연희를 자칭한다. 이후 소율의 레코드판 '사랑, 거짓말'은 윤우와 소율의 마음을 그대로 담은 진솔한 가치를 인정받게 된다.

소율은 숨겨진 기생이나 마지막 기생이 아니라 인간이면 보통 겪게 되는 질투와 바람과 갈망을 지닌 사람이다. 친구도 끝까지 버리지 못하고 연인도 마지막까지 챙겨야하는 주변에서 봄직한 여인이었다.

해방을 맞이하며 대성권번이 민족의 화풀이 대상이 되었다. 그들에 의해 권번은 망가져 버렸다. 그러나 소율은 '조선의 마음'을 갖고, 그것을 지키고 싶었다. 그것은 윤우에 대한 사랑과 조선의 소리를 지키고자 했던 진정한 민족성이었음을 반증하는 좋은 자료가 아닐까.

정지용은 1938년 김영랑, 김현구와 함께 추자도를 지나 제주도를 보며 갑판 위로 뛰어다니며 히살댔다. 소율과 연희가 권번에서 만나 히살대듯이 그들도 배를 타고 제주도를 향해 가며 같은 시대를 지났다. 그렇게 그들은 일제강점기라는 긴 터널을 빠져나오고 있었다.

나는 '좋은 영화 한 편 보고 싶다'는 생각으로 곽곽한 세월을 건넜다. 모처럼 비가 지나간 37번 국도를 앰프가 터질 것 같은 음량으로 "길을 걸었지……"라는 대중가요를 들었다.

일제강점기, 그들은 인생과 사랑과 민족이 어우러져 선택하지 않았던 세월을 건넜다. 그리고 그 속에서 갈등을 겪고 목숨을 잃었던 이들도 있었다. 그들을 기억해내며 이 글을 쓴다.

가끔 울고 싶어도 눈물이 만들어지지 않는 먹먹함과 나는 마주한다. 연희와 소율, 영랑과 현구, 그리고 지용 선생과 내가 걸었던 길과 걸어야할 나머지 길을 생각한다.

휘문고보 졸업 무렵 정지용

소녀는 혹시 성낸 것이나 아니었을까? 그러나 내가 웃어버리니깐 소녀
도 바로 웃었습니다. 물론 물에서 금시 잡아 내온 인어처럼 젖어 서서
있는 것이었습니다.

－「귀 거 래」중
歸去來

무사경 박수 첨시나?

해녀가 없다.

소년도 없다.

정지용과 함께 제주에 갔던 영랑과 현구도 역사의 뒤안길로 사라졌다. 다만, 우리는 이들의 이름과 작품을 통해 그들을 기억해낼 뿐이다.

1938년 「남유다도해기」를 집필하며 강진, 목포를 거쳐 제주도에 이른 정지용 일행은 "백록담에서 곰비도 없이 유유자적하는 목우들과 함께 마시며 한나절 놀았다."라고 했다. 이들은 '암고란(巖高蘭) 열매의 달고 신맛이 입에 고이고, 배낭을 베고 누워 해풍을 쏘이며, 꾀꼬리며 휘파람새며 이름도 모를 진기한 새들이 지용의 귀를 소란하게 했다고 한다.

암고란 열매. 이 열매는 진시황과 관련이 있다.

만리장성 축조, 아방궁, 분서갱유 등으로 잘 알려진 진시황은 500명의 선남선녀를 선발하여 '서불(西福)'이라는 신하의 인솔하에 불로초를 찾아 나서게 한다. 2300여 년 전 이 일행은 제주도에 도착한다. 불로초를 구해 돌아가는 길에 정방폭포 절벽에 '서불과지(徐市過之)'라고 새기고 돌아간다. 이는 '서불이 돌아간 포구'라는 의미로 '서귀포'라는 지명이 탄생했다고 알려졌다. 이때 불로초 선단이 구해간 약재가 암고란 열매라고 전하며 정방폭포 옆에 '서불 전시관'을 건립하고 2005년부터 서귀포시는 불로초 축제를 열고 있다.

그 후 암고란 열매를 먹었음직한 진시황은 마흔 아홉에 천하순행 길에서 객사하고 만다. 지금은 마흔 아홉이면 청년이지만 그때는 장수한 것이란다. 암고란 열매의 덕인지 나는 모르겠다.

정지용 일행은 "호-이"하는 휘파람 소리를 내며 청각, 전복, 소라 등을 움켜쥐고 나오는 16~17세의 소녀 해녀들을 구경한다. 일 전(錢)을 주고 해녀가 돌멩이로 까주는 꾸정이를 먹고 소녀의 고은 대접에 감사한다.

소년이 소녀의 두름박을 치고 장난질을 하고 달아난다.

소녀는 소년의 등짝을 후려치며

"이놈의 새끼 무사경 햄시니!"라고 소리쳐 정지용 일행은 박수를 치고 환호한다.

그랬더니 소녀는 소년에게서 두름박을 뺏어 끼고 동실거리며

"무사경 박수 첨시니?"라고 내뱉고 가버린다. 물에서는 소년이 소녀의 적수가 될 수 없단다.

2016년 1월 1일.

한라산에 오르기 위해 한라산 주차장으로 달렸다. 주차장을 1km쯤 남겨두고 길이 막히기 시작했다. 어디서나 쉽게 겪는 교통 혼잡과 주차난이 여기도 비껴가지는 않는 모양이다.

차는 가고 서기를 반복하며 우리를 지치게 하였다. 주차장에 거의 도착할 무렵 오르막길에서 우리 차는 앞 차와 부딪쳤다. 사고 수습을 하느라 지체를 하였다. 뒤처리가 끝나니 정오가 되었다. 그

래도 한라산에 조금이라도 오르려 산을 오르기 시작하였다.

한라산은 키 작은 관음죽이 성하였다. 큰 나무 사이로 잔디처럼 퍼져있는 관음죽은 장관이었다. 언뜻 보면 삼양초등학교 운동장에 인조잔디를 깔아놓은 것 같았다. 나는 관음죽이 펼쳐진 한라산에 뛰어들어 학생들과 축구를 한 판 벌이고 싶어졌다.

해가 뉘엿거렸다.

과제에 치여 산에 같이 오르지 못하고 주차장 관리소에서 머물며 과제를 하고 있는 큰아들 재홍이가 생각났다. 촌음을 다투며 제주도 한라산까지 와서도 과제를 서둘러야 하는 요즈음 대학생들의 현실이 백록담에 마저 오르지 못한 에미의 아쉬움과 겹친다. 아들은 과제에 치여 한라산에 와서도 한라산에 오르지 못한 것이 아쉽고, 나는 한라산을 끝까지 다 오르지 못하여 안타깝다. 이래저래 우울하였던 한라산 산행이었다.

남편과 둘째 아들 재원이와 함께 하산을 서둘렀다. 더 늦어 조난을 당하는 위태로움에 처하고 싶지 않았다.

천 년을 살고자 불로초를 찾았던 진시황이나 한국 현대문학의 큰 봉오리였던 정지용은 우연인지 모두 마흔 아홉의 짧은 생을 마쳤다.

더 이상 제주도에서는 정지용이 보았다는 16~17세의 소녀 해녀와 소녀에게 장난을 치던 소년은 볼 수 없었다.

III.

정지용,
길진섭 화백과
여행을 떠나다

―화문행각(畵文行脚)

간밤에 위층에서 와사난로를 피우고 형님과 술을 통음하고 나서 형님이 주정하시는 바람에 나는 내려와 큰조카 아이를 붙들고 울은 생각을 하고 나의 옅은 정이 부끄러워진다.

－「오룡배 1」중
五龍背

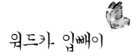

웕드카. 입빼이

만주 신시가(新市街) 육번통(六番通) 팔정목(八丁目)에 있는 삼종형님 댁에서 정지용은 잤다. 형님 댁은 아주머니가 없고 조카아이들과 형님이 살고 있다. 아주머니 없는 장롱은 빛이나 보이지 않는다. 설령 약과 기름으로 윤을 내도 쓸쓸한 빛이 돌지 싶다고 정지용은 서술하고 있다.

성에가 겹겹이 쌓인 유리창 밖에서 만주 세납과 나발 소리가 들려온다. 만주 사람들은 죽거나 혼인할 때 세납을 분다. 세납 곡조를 경우에 따라 어떻게 구분하는지 정지용은 분간할 수가 없다고 하였다.

역전 일만 호텔에서 정지용의 짐과 화구를 지키며 잔 길진섭과 다음날 만났다. 정지용은 치과에 가는 셋째 조카와 마차를 타고 길진섭을 만나러 간다. 아이들은 털로 곰처럼 싸놓았다고 한다. 역시 만주는 추운 곳임이 실감난다.

빅토리아에서 커피를 마시며 정지용은 길진섭을 기다린다. 이들은 웕드카를 마신다. 등이 혹 달도록 마시고 오룡배 가는 기차시간에 대려면 정거장까지 뛰어가야만 한다고 하였다. 그러나 오룡배에서 나는 빅토리아도 일만 호텔도 정지용의 삼종형님과 조카도 찾을 수 없었다.

2015년 9월. 19회 '연변 지용제'에 참석하였다.

정지용의 문학 혼을 기리고 민족 정체성 구축과 한국어를 사용함으로 우리 민족의 얼을 이어가고자 시작한 '국제연변정지용백일장'이 4회를 맞이할 때였다.

정지용의 발자취를 찾아 나섰다. 연변지용제도 참석하고 정지용이 기행 했던 곳도 따라 가보고 싶었다. 그러나 허사였다. 그때 정지용이 서술하였던 모습은 없었다. 지금은 만주도 오룡배도 눈부시게 발전하였다.

1940년 『동아일보』에 기행문을 발표하고자 정지용은 길진섭과 함께 평양, 선천, 의주를 거쳐 오룡배까지 다녀갔다.

평양, 선천, 의주는 현재 내가 갈 수 있는 상황이 못 된다.

언젠가 통일이 된다면 들러보리라는 생각으로 오룡배에 도착하였다. 오룡배는 고층 아파트와 온천이 발달되어 있었다. 호텔에서 점심을 먹고 수영복을 입고 노천 온천으로 향했다. 애초에 수영복을 준비해가지 않았던 나는 호텔 온천에서 머물려고 하였다. 그런데 '지용시 낭송회' 엄 회장이 여분의 수영복을 지참하였다고 내게 내밀었다. 같이 가자는 권유와 인정에 감동하며 호텔에서 노천 온천까지 꼬마기차를 타고 갔다.

수영복을 입고 큰 수건으로 몸을 둥둥 말아서 가렸다. 이런 우스꽝스런 행색으로 고층 아파트 사이로 난 꼬마기차 길을 달렸다. 누가 봐도 폭소를 터트릴 것 같다. 서로를 바라보고 수줍은 듯이 낄낄거렸다.

길 옆에 피어있는 코스모스가 장관을 이뤘다.

오룡배의 9월 하늘은 눈부시게 따가운 햇살을 우리들 등에 내려앉혔다. 마차를 타고 길진섭을 만나러 가던 정지용은 지금 이 따가운 햇살이 번들거리는 하늘 아래에서 찾을 수 없었다. 마차도 없었다.

노천 온천에는 중국어를 사용하는 20대 연인, 영어를 쓰는 60대 노년 부부, 장난기 어린 표정의 중년 남성들이 이미 자리 잡고 있었다. 언어는 달라도 그들은 우리가 온천에 들어가지 못하고 쭈뼛거리자 조금씩 자리를 내주었다.

선글라스에 양머리를 한 우리 일행 중 한 사람이 맥주를 받쳐 들고 왔다. 노천 온천에서 땀은 속절없이 흘렀다. 유리잔 표면에 성에처럼 하얀 김이 매달린 맥주 맛은 두고두고 기억에 남는다.

정지용이 길진섭이랑 빅토리아에서 호기롭게 "워드카 입뻬이"라고 백계 러시아 여자에게 외치던 소리가 이 노천온천까지 들려오는 듯하다. 정지용의 여정을 따라 무작정 이곳저곳을 찾아드는 나는 아마도 그의 작품에 심취하였거나 미쳤나보다.

1931년 장남 구관과 함께

한 여인네의 젖가슴에 파묻힌 발가숭이가, 아랫동아리가 기저귀도 차지 않은 정말 발가숭인 것을 알았으니 만주여자의 저고리가 목에서부터 바른편으로 나간 매듭단추를 끄르고 보면 어린아이를 집어넣어 얼리지 않기에 십상 좋게 되었다.

－「오 룡 배 2」 중
五龍背

오룡배 털쪽

1940년 정지용이 길진섭과 탔다는 오룡배의 까솔린 차를 생각한다. 그는 외투를 벗을 수도 없이 꽉 끼어 탄 차에서의 풍경을 참 기이하게 묘사하고 있다. 짐승의 방광을 말린 것 같은 그릇, 이부자리 보퉁이와 바가지 짝을 꿰어 든 사람들을 보고 조선 사람을 생각한다고 하였다. 겨울눈이 내린다. 만주사람들은 어디서 털쪽이 그렇게 많이 나오는지 털쪽을 붙이지 않은 사람이 없다고 정지용은 말하였다.

19회 연변지용제를 참가한 일행은 그의 발자취를 찾아 오룡배를 들렀다. 온천에서 밥도 먹었다. 노천 온천에서 피로를 풀었다. 그리고 러시아와 접경지대로 이동하였다. 그곳에서 우리는 털쪽을 만났다.

양력 9월의 햇살은 우리의 목마름을 부추겼다. 9월의 늦여름 하늘 아래에 어디서 그렇게 많은 털쪽들을 가져다 진열해 놓았는지 의아할 정도였다. 정지용의 기행산문에 소품처럼 자리하였던 털쪽에 모든 신경이 쏠렸다. 그의 발자취와 운치를 이 털쪽에서나마 찾고 싶었다.

수십만원에서 수백만원을 넘기는 털쪽을 들고 손님을 부르는 가게로 들어갔다. 4회 국제연변백일장의 심사를 위해 참석했던 이 시인과 나는 가게로 빨려 들어갔다는 표현이 더 적확할 것이다. 들어가지 않으면 안 되었다. 무언가 머쓱한 분위기를 만든 점원의 미소 짓는 얼굴을 우리는 외면하기가 어려웠다는 표현이 좀 더 잘 어울릴 것 같다.

털쪽 모자와 목도리가 눈에 들어왔다. 그러나 가진 돈에는 택도 없는 가격을 부른다. 살 수 없다. 포기하였다.

가게 밖으로 나서는 우리 일행을 막아선 점원은 우리를 그냥 보내지 않았다. 소지한 돈을 주머니와 지갑에서 다 내보이며 살 수 없음을 설명하였다. 그러나 점원은 막무가내로 물건을 사라고 종용하였다.

하물며 이 시인과 나를 부부로 착각한 점원은 이 시인에게 돈을 지불하라고 한다. 참 맹랑한 일이다. 우리는 부부가 아니라고 하자 점원은 한술 더 뜬다. 애인이냐고 되묻는다. 그것도 아니라고 하자 점원이 고개를 갸웃거린다. 그러더니 이제는 이 시인에게 돈을 빌려주란다. 우리는 싫다고 하였다.

아뿔사!

우리에게 주어진 쇼핑 시간이 다 지났다. 이젠 흥정도 구경도 끝이다. 서둘러야 할 시간이다. 서둘러 자리를 뜨려는 우리를 보고 점원은 웃는지 우는지 참 이상한 표정을 잠깐 보였다. 이렇게 사람의 관계를 자기 편의대로 고리로 이어 붙이던 점원은 그냥 있는 돈을 다 내놓고 가져가란다. 그 털쪽을.

이런 횡재가 있나.

이 시인의 부인 것까지 두 세트나 사들고 나온 우리는 일행이 기다리는 차로 가는 내내 배꼽을 쥐고 웃었다.

룸메이트인 여류 시인에게 차에서 털쪽 얘기를 하였다. 그녀는 이 시인과 내가 산 털쪽을 못 산 것에 아쉬움을 내비친다. 차를 기다리라고 해서 사야한다며. 그러나 차는 그녀의 소망을 등에 업고 출발해 버렸다.

12월의 한밤중. 내일은 폭설이 내린다는 예보다.

전기 히터 앞에서 까솔린 차를 다시 떠올린다.

어깨를 비틀만한 틈도 어렵다던 까솔린 차와 관광객의 주머니 잔돈까지를 다 내놓게 하며 털쪽을 팔던 점원을 생각한다.

정지용은 까솔린 차에서 조선을 닮은 조선의 어머니를 만났고 전혀 엉터리 없는 만주어를 함부로 써서 의사소통을 함에 놀랐다고 했다.

75년이 지난 오늘 나는 점원의 얼토당토 않았던 흥정과 엉터리 한국어와 되도 않는 중국어 그리고 어줍지 않은 영어를 섞어 의사소통을 했음이 경이롭다.

올 겨울, 폭설이 내리는 날이 하루만 있었으면 좋겠다.

이 털쪽을 머리에 쓰고 하나는 목에 두르고 정지용이 경성이나 교토에서 옥천을 다녀갈 때마다 걸었던 옥천역에서 정지용 생가까지 토박 토박 걷고 싶어진다.

그래도 오룡배에 왔었노라고 유리 앞에 서서 산을 그리는 길의 키도 쓸쓸해 보인다. 철판이 우그러지는 듯한 바람이 몰려간다. 실큰한 만주 개 짖는 소리가 들린다.

－「오 룡 배 3」 중
五龍背

있는 대로 다 가져와

온천장 호텔에 예약을 하지 않았고 취락관은 폐관을 하였다. 정지용과 길진섭은 병자들 가족이 주로 찾는 보양관에 머물기로 하였다. 조선 사람 두 명이 찾아들자 복강이나 박다 근처의 사투리를 쓰는 몸이 가늘고 파리한 여급이 있다. 이 여인은 별로 반기는 기색도 인도를 할 의양도 없어 보였다. 다다미에 스팀이 후끈 달아오른 방에 들어 외투를 내동댕이친다. 비척 마른 여급은 마땅히 있어야 할 서비스는커녕 냉냉하고 고분고분하지 않다.

이런 빳빳함에 견디기 힘든 정지용은 초인종을 눌러 여급을 부른다. "느집에 술 있니?", "있지라우.", "술이면 무슨 술이야?", "술이면 술이지 무슨 술이 있는가라우?", "무엇이 어째! 술에도 종류가 있지!", "일본주면 그만 아닌가라오?", "일본 주에도 몇 십종이 있지 않으냐!"라며 정초에 여급의 건방짐에 신경전을 벌인다.

"맥주 가져오느라!", "몇 병인가라오?", "있는 대로 다 가져 와!"라고 여급에게 정지용은 호통을 친다. 꼬장꼬장한 그의 성격이 이 대목에서도 썩 잘 느껴진다. 호통 덕분인지 "훨석 몸세가 부드러워져 맥주 세 병이 나수어 왔다."고 하였다. "센뻬이를 가져오기에도 온천장 거리에까지 나갔다 오는 모양이기에 거스름돈을 받지 않았더니 고맙다고 절한다."라며 "눈갓에는 눈물자죽인지도 몰라 젖은 대로 있는가싶다."라고 서술하며 여급에게 미안함을 드러내기도 한다.

호감을 주는 것도 아닌 불그죽죽한 동백꽃 무늬가 쓸쓸해 보이는 듬식듬식한 옷을 입은 여급. 이를 보며 정지용은 여인의 체신을 보호하기 위함이라며 동정어린 해석을 내리기도 하였다.

정지용 일행은 오룡배 추위에 차가운 맥주로 화풀이를 하고 온천탕에 갔다. 수조는 좁고 뼈쩍 마른 사람 둘이 개구리처럼 쭈그리고 있다. 몸을 가실 물도 수건도 비누도 없다.

정지용은 여급의 버릇을 호령으로 고쳤으나 박다에서 온 여자나 의주에서 온 농촌 청년이나 친절한 인사 등을 나눔이 부족하다. 그러나 그것은 만주에까지 지고 온 가난과 없어서 그런 것이니 징치할 도리가 없다고 생각한다.

짧은 도데라를 입고 심상(尋常) 소학생 같다며 스스로를 조소(嘲笑)하던 길진섭은 나무도 풀도 없는 안동현 유일의 등산 코스가 있는 석산을 그린다. 철판이 우그러지는 소리를 내는 바람이 지나고 실큰한 만주개 짖는 소리가 들려온다. 유리창 앞에서 산을 그리는 길진섭의 키가 쓸쓸해 보인다. 스팀 옆에서 거품도 없이 절로 찬 맥주를 마시며 이 다다미방이 원고 쓰기에 좋은 방이라고 정지용은 말한다.

지난해 9월, 나는 길진섭이 화판에 옮겼다던 석산에 올랐다.

육 기자는 오룡배에서 어제 저녁에 마신 맥주가 마중 나와 맥을 못 춘다. 나는 배탈이 났다. 깎아지른 듯한 오르막길을 오르느라 숨이 멎을 것만 같았다. 계절로 9월은 가을인 양하지만 한여름 중앙에 서있는 것만 같았다.

능선을 타고 산에 오르니 오룡배 전경이 한 눈에 들어온다. 압록강도 손에 닿을듯하다. 정지용이 길진섭과 쓸쓸히 기차를 타고 들어섰을 길을 눈으로 가늠하여 보았다. 길은 끝없이 이어졌다.

하산을 하고 위화도가 있는 압록강으로 갔다.

북한 주민들이 지는 해를 붙들고 위화도에 있는 전답에서 일을 마치고 쪽배를 타고 집으로 돌아가고 있었다. 한가롭게 압록강 가에서 낚시를 즐기는 사람들도 눈에 띄었다. 이곳은 참게가 많이 잡힌다고 가이드가 설명하였다. 그래서인지 참게를 잡는 무리들이 줄을 지어 있다. 이렇게 잡힌 참게를 가게에서 튀겨 팔고 있었다. 말이 가게지 엉성하게 비닐로 덮어 놓은 작은 비닐하우스 같았다. 중국 특유의 향신료 냄새가 코를 찌른다. 이 냄새는 언제 맡아도 적응할 수 없을 것만 같다.

패랭이꽃처럼 가늘고 쓸쓸한 아이들이 부모님이 장사하는 가게 옆에서 뛰고, 달리고 장난을 하며 놀고 있다.

정지용은 박다에서 온 쓸쓸한 여급이 열탕이 솟는 오룡배 다다미 방에서 겨울을 나는 것이 좋겠다며 찬 맥주도 맛이 난다고 하였다. 그러나 나는 고약한 향신료를 뿌린 참게 튀김을 먹을 생각이 없었다. 나는 냄새로 울렁거리는 속을 안주 없는 맥주로 진정시킬 수밖에 별 도리가 없었다.

겨울이면 유리 바깥 추위가 뿌우연 토우(土雨)같이 달린다는 이곳은 여름에는 참게 튀김 냄새가 진하게 매달리고 있었다.

IV.

남해기행, 정지용 글·정종여 삽화로 남기다

－남해오월점철(南海五月點綴)

나는 일본 사람 하나 없는 기차를 탔다. 양인을 겨우 한 두 사람 볼
수 있을 뿐, 우리끼리 움직이고 달리는 기차를 탔다.

－「기 차」 중

생각이 좁아서

정지용은 화가 정종여와 함께 남해 여행을 떠난다.

1950년 5~6월에 부산, 통영, 진주일대를 여행하고 『국도신문』에 18회에 걸쳐 기행문을 연재하였다. 물론 동행한 정종여의 삽화와 함께 실렸다. 당시 『국도신문』에 실렸던 「남해오월점철」 18편은 원전의 마모가 심하였다. 그래서 나는 확인이 어려운 마모된 글씨를 ○로 표시해 『원전으로 읽는 정지용 기행산문』을 2015년에 편하기도 하였다.

자신의 눈으로 자신의 뒤통수를 볼 수 없듯이 정지용은 하루 종일 한 열차밖에 모른다고 하였다. 그것은 시야가 될 만한 자연환경 자체가 좁았던 것이 아니라 생각이 좁아서 시야가 열리지 않았던 것이라고 설명하였다.

그는 일본 사람 하나 없는 기차를 타고 우리끼리 실컷 살아봐야 쾌활하다고 하였다. 야밋보따리 하나 없는 깨끗하고 아름답게 늙으신 할머니를 보며 감개무량하다고도 하였다. 그 할머니를 닮아 20년을 더 늙어봤으면 좋겠다던 정지용은 1950년 「남해오월점철」 18편 중 일부만 발표한 채, 한국전쟁 당시 행방이 묘연해졌다.

생각이 좁아서 시야가 열리지 않았다고 겸손해하며 우리 민족만 오롯이 살기를 원했던 정지용은 그렇게 흔적도 없이 사라지고 말았다.

예술은 강력한 민족의 노래다.

정지용은 시와 산문으로 총총히 빛나는 하늘 아래에서 무지개보다 환한 작품을 써냈다. 그는 이 시기에 민중의 정서를 그리려 노력하였던 것으로 보인다. 그래서 그의 짧은 소망을 산문에 내비치기도 하였다. 우리나라를 떠나 일본 교토에 머물러 봤기에 더 많은 우리와 고국을 향한 그리움을 구사하였을 것이다.

"낮에는 햇빛이 아까워 붓을 안 들 수 없고 밤에는 전깃불이 아까워 그림을 안 그릴 수가 없다"던 어느 화가의 예술혼과 정지용의 문학을 향한 집념을 일직선 위에 놓아본다.

그들의 뚜렷한 예술을 향한 그리움의 방향은 조국에 대한 그리움과 조국을 사랑했던 애국심의 발로에 초점이 맞춰진다.

나야말로 생각이 좁아서 그들의 예술을 반도 이해하지 못하고 변죽만 울리고 있는 것은 아닌가 하는 안타까움에 몸서리가 날 때도 더러 있다.

무작정 마음이 향하는 곳으로 달려가다 누를 끼치는 것은 아닌지 가슴만 답답하고 무거워진다.

구인회

정지용　이태준　김환태　이상　박태원　김동인

정인택

소설가 정인택의 결혼식

대전서 올라온 충청도 고향 일가 구익 군을 수년 만에 만나 "고향에
서는 모두 어떻게들 사는가?" "농지 개혁 착수 이후 농민생활은 좋아
졌지요." "굶는 사람은 없는가?"

-「보 리」중

두 아들에게 보낸 편지

사흘 내내 바람이 불고 비가 흡족히 내렸다.

이 비를 맞고 화학비료 대신 퇴비, 인분, 재, 계분 등을 채소에 거름으로 주었던 정지용은 채소들이 잘 자람을 배웠다고 하였다. 부지런하고 적극적이며 합리적인 경작을 실천하라고 채근한다. 제 땅 가지고 일을 배우지 못한 게으른 사람의 곤란을 한탄하였다. 정약용의 근검정신을 이어받은 듯하다.

1801년 다산 정약용이 유배지에서 두 아들에게 편지를 보냈다. 그는 오랜 유배 생활에서 두 아들을 훈육하기 위해 100여 통의 편지를 썼다고 한다. 넓은 토지를 남겨주지 못하니 가난을 구제할 수 있는 교훈을 남기고자 하였음이리라.

첫째 부지런해라. 오늘 할 일을 내일로 미루지 말고 아침에 할 수 있는 일을 저녁 때까지 미루지 말며 갠 날에 할 일을 비오는 날까지 미루지 말라.

둘째 검소해라. 의복은 가리는 것으로 충분하니 사치한 의복을 탐내지 말고 음식은 알맞게 먹도록 하라. 아무리 먹음직한 음식도 뱃속에 들어가면 더러운 물건이 되는 것이기 때문에 입속의 음식을 보고 누구나 더럽게 여기는 것이다. 사람이 사는데 가장 귀중한 것은 성실성이다. 성실은 곧 믿음이니 누구를 속이는 것은 성실하지 못한 것이다. 임금을 속이고 어버이를 속이고 이웃과 친구를 속이고 농부가 농부를 속이고 상인이 상인을 속이고 나라가 백성을 속이는 것 모두가 죄악이다. 오직 하나 속일 것이 있다면 그것은 자신의 입이다. 아무리 보잘 것 없는 음식일지라도 맛있게 여기며 집어넣으면 입은 그대로 속는다. 설령 입이 보지 않더라도 먹는 순간만 속이면 괜찮아지니 굳이 산해진미를 탐내어 낭비할 필요가 없잖은가. 부지런하고 검소하면 가난을 면할 수 있으니 꼭 명심하라고 다짐하는 편지를 써 보냈다.

나에게도 이십대의 두 아들이 있다.

두 아들에게 나도 정약용처럼 이러한 부탁을 하고 싶다.

군입대를 앞 둔 아들이 친구를 만난다며 나가 밤늦도록 돌아오지 않는 날, 어수선하게 어질러진 아들의 방을 들여다 볼 때, 지나치게 고기 먹기를 좋아하는 눈치를 보일 때, 불규칙하게 시간을 죽이며 허송세월을 보낼 때면 정약용처럼 훈육을 하고 싶어진다.

그러나 잔소리라고 생각하며 마음의 문을 닫을까 하는 걱정이 앞서 참고 만다. 편지대신 가끔 모바일 폰에 문자를 남겨 놓는다. 올바르게 살아가기를 간절히 바라며 지켜볼 뿐이다.

경주에서 5.8 강도의 지진이 일어났다. 역대 대한민국에서 가장 강한 지진이란다. 부상자가 발생하고 건물에 금이 갔다. 고등학교 2학년 고전문학을 수업하는데 5.8 강도의 지진이 느껴졌다. 의자가 흔들리고 건물이 진동하였다. 학생들과 난 어찌해야 할지를 몰랐다. 불안함을 감추고 계속 수업을 하였다. 이럴 땐 뭐라고 가르쳐야할까?

추석을 지난 다음날부터 사흘 내내 비가 줄기차게 내리고 있다.

길진섭 화백의 정지용 캐리커쳐(『문장』, 1941)

술은 내일부터 안 먹는다. 오늘은 마시자! 어찌 드러누웠는지 불분명하다.
술 깨자 잠도 마저 깨니 빗소리가 토드락 동당거린다.

-「부 산 1」 중

청계야! 비 온다!

　부산에 도착한 정지용 일행은 이중다다미 육조방의 삼면을 열어 놓고 사랑가, 이별가는 경상도 색시 목청을 걸러 나와야 제격이라며 술을 마신다. 싱싱한 전복, 병어, 도미, 민어회에 맑은 닮지국에 "내일부터 안 먹는다. 오늘은 마시자!"라며 호기롭게 술을 마신다.

　이들은 어찌 드러누웠는지 기억에 없고 술이 깨자 가야금 소리처럼 빗소리가 토드락 동당거린다. 이 소리를 들은 정지용은 "청계야! 청계야! 비 온다! 비 온다!"며 반갑게 비를 맞이한다.

　청계는 경남 거창에서 태어나 오사카미술대학에서 공부한 동양화가 정종여(1914~1984년)를 가리킨다. 그는 해방 이후 성신여자중학교, 배재중학교, 부산 대광중학교에서 재직하였으며 1950년 월북한 것으로 알려졌다. 1988년 해금되어 정지용과 같이 우리에게 소개되기 시작하였다.

　이들의 인연은 참 기묘하다. 이렇게 여행을 다니며 즐거웠던 이들은 같은 해에 청계는 월북, 정지용은 행방이 묘연해졌다. 소설 속 주인공들 같지만 역사의 소용돌이로 운명이 결정된 이들을 생각하니 창밖의 빗소리마저 부질없이 슬픈 가락으로 울려온다.

　정종여는 월북할 때 남한에 두고 간 자녀들을 그리며 '참새'라는 작품을 창작하였다. 참으로 비극적인 역사를 살다가며 자식을 그리워하였을 정종여를 생각하니 가슴 한 켠이 아려온다.

2015년 남북분단 70년을 맞아 '백두에서 한라까지'라는 남북미술전이 세계로 평화 나눔 문화축전 조직위원회 주최로 서울 메트로 미술관에서 열렸다. 이 미술전은 남북한 작품을 한 눈에 볼 수 있는 남북미술전이었다. 이는 110만 한국 문화예술인들이 북한 문화예술인들과 소통하고 한민족의 평화통일에 대한 의지와 열망을 담아내는 계기를 마련할 것을 기대하며 열렸다. 이때 정종여의 '신창에서', '목란꽃', '새우'가 전시되었다.

'새우'(69×44cm)는 8마리의 새우가 화판 중앙을 향해 모여드는 형상으로 왼쪽 아래에 낙관이 찍혀있다. '신창에서'(92×45cm)는 대나무 낚싯대가 길게 누워있고 물고기가 하나는 어망에 다른 한 마리는 바닥에 누워있으며 왼쪽 위에 낙관이 찍혀있다. '목란꽃'(55×45cm)은 위쪽 중앙에 활짝 핀 꽃 한 송이 오른쪽 약간 아래에 망울 부푼 꽃송이가 곧이어 피어날듯하다. 꽃 크기에 비해 잎이 크고 튼튼한 것이 이색적이다. 낙관은 좌측 중앙 아래쪽에 찍혀있다.

그는 "작가자신의 주관을 회화화하자.", "나는 참다운 인간성을 배우려 노력해야 하겠고, 인간의 속으로 깊이 파고 들어가야만 나의 미술도 참다운 것이 될 수 있다고 언제든지 생각한다."라며 자유성과 인간을 먼저 파악해야 참다운 작품을 이룰 수 있다고 주장하였다.

이러한 주장을 미술창작품에 적용하며 그는 1945~1950년 5년 동안 가장 왕성한 창작활동을 하였다. 특히 '위창 선생 팔십오 세상(오세창 선생 초상)'은 한복 두루마기까지 잘 차려입은 오세창 선생의 모습을 그렸다. 이 그림은 두 그루의 소나무 아래에 동양적인 운치를 자아내고 있다.

12살 차이로 띠동갑이었던 정종여와 정지용은 한국화단과 한국문학사에 한 획을 그었다. 정종여는 붓으로 마음을 그리는 화가였다. 이 둘은 일제라는 그렇게 혼란스러운 시대를 살다갔다. 그러나 그들이 남겨놓은 예술작품은 지금까지 보는 이들의 마음을 움직인다. 그들의 작품이 우리에게 살아가는 의미로, 감동을 주고 있기 때문이다.

"청계야! 청계야! 비 온다! 비 온다!"

금방이라도 단비를 반기는 정지용의 이 소리가 빗속을 뚫고 들려올 것만 같다.

친구들은 성히 코를 곤다. 적당히 느지막하게 일어나 세수하고 아침 먹
고 다시 누워 잠들을 청한다. 몇 시쯤 되었는지 친구들을 홀다꺼 일어 세
워 끓이락 이으락 하는 우중에 우산도 없이 영도 나룻배 터로 나간다.

—「부 산 2」 중

우멍거지

빗소리에 풀밭 만난 양처럼 행복스러워진 정지용은 영도로 갔다.

똑딱선은 그가 일본 유학시절처럼 퐁퐁퐁 소리를 낸다. 50만 부산인구의 가가호호가 깡그리 음식점으로 보이듯이 음식점이 무지하게 많다. 해안지대 좌우로 '하꼬방'이 즐비하고, 일본식 요리집이 무수하다. 생선을 길에 쌓아놓고 회로 팔며, 길에서 생선 배를 쪼개고 창자를 끄집어내서 말릴 생선을 다듬는다.

여기서 정지용은 우멍거지를 산다. 정지용이 『국도신문』 1950년 5월 13일에 발표한 「남해오월점철4, 부산·2」에는 '멍기', '우멍거지', '우흠송어'라고 적어 놓았다.

그러나 이것들은 '우렁쉥이', '멍게'를 뜻하는 것이리라. 원래 '멍게'는 '우렁쉥이'의 방언이었으나 현재는 두 개 모두 표준어로 삼아 쓰고 있다.

그러면 '우멍거지'는 무엇인가?

한국어사전에는 '끝부분이 껍질에 덮여 있는 성인 남자의 성기'로 적고 있다. 1971년 민중서관 발행 『포켓 국어사전』에는 '포경(包莖)'으로, 포경은 '귀두가 껍질에 싸인 자지'로 정의되어 있다. 이 글을 쓰며 정지용이 그 당시 적어 놓은 '멍기', '우멍거지', '우흠송어'가 무엇인지 궁금해 사전을 찾아보다가 '우멍거지'에 대해 알게 되었다.

'멍게'는 '멍청한 게'에서 온 말이 아니고 '우멍거지'라는 순우리말에서 유래하였다. '우멍거지'는 조선시대에 성인 남성의 성기를 이르는 말이었다 한다. 즉 성인의 성기가 가죽으로 덮여있는 것으로 포경상태를 이르는 순우리말이라는 것이다. '우멍거지'가 민망했던 사람들은 '멍거'만 떼어 사용하다가 '멍게'로 발음하기 쉽게 변하였다는 것이 일반적인 설이다.

멍게는 어릴 때 올챙이처럼 살다 자라면 단단한 바위에 몸을 부착시켜 식물처럼 움직이지 않고 산다. 입, 항문, 심장, 위장, 생식기가 있는 동물이다. 멍게는 물을 받아들여 플랑크톤을 섭취한 후 물을 싸버린다. 껍질로 싸인 멍게가 물을 싸버리는 모습이 껍질로 싸인 음경이 오줌을 싸버리는 모습과 비슷하기에 우멍거지라 했다고 한다. 어찌되었건 선조들의 해학과 익살이 잔뜩 묻어난 이름임에는 틀림없다.

이러니 우멍거지에 대한 우스운 이야기들이 여기저기 떠돈다. 여기 이 우스운 이야기 하나 적는다.

1970년대 후반, 농담 즐기고 술 좋아하는 A신문사 B교열부장의 장난기가 발동하였다.

B부장은 대학을 갓 졸업하고 입사한 새내기 C여기자에게

"'우멍거지'가 무슨 말인지 사전 좀 찾아보라."고 말했다.

부장의 명령에 따라 국어사전을 들추던 여기자는 얼굴이 빨개졌다.

"어서 큰 소리로 읽어봐."

"부장님은 짓궂으시기도 하셔."

"이건 명령이야! 큰 소리로 읽어."

머뭇거리던 여기자가 부장의 엄격한 명령을 거역할 수 없어 큰
소리로 읽었다.

"어른들의 까지지 않은 자지."

긴장되어 조용하던 신문사 편집국에 갑자기 폭소가 터졌다.

정지용의 '우멍거지'라는 용어 때문에 종일 사전을 뒤적거리고 인
터넷도 검색하며 하루가 저물었다.

세계 민주 국가의 상선들이 수줍은 듯 겸손히 닻을 내리고 우리나라
무수한 선박들의 호화로운 출범을 이 부두에서 날로 밤으로 볼 때가
빨리 와야 한다. 붓이 뛰어 우스운 조그만 이야기를 쓰자.

-「부 산 3」 중

소년 콜럼버스

제국주의 일본이 물러간 부산항 부두로 정지용 일행은 발을 옮긴다. 쪽발 딸가닥거리던 소리, 장화 뻐기던 소리, 군도 절그덕거리던 소리가 물로 썻은듯 갔다. 부두 바닥에 깔린 침목이 마룻장 빠지듯 빠지고 시멘트 바닥이 나와 황량한 폐허가 된 것을 보고 정지용은 제국주의 일본의 부산부두는 이 꼬락서니가 된 것이 타당하다고 말한다.

미 주둔군 시절, 그들의 빨래를 빨아주던 소년들이 빨래와 함께 미국 기선에 숨어들어 샌프란시스코에 상륙했는데 미국경관들의 귀여움을 독차지하며 300~500달러씩 생겼다. 소년들은 다시 그 배로 정식무임회향하고 이 달러를 밑천으로 유수한 부산의 사업가가 되었다. 이들의 모험성을 정지용은 '소년 콜롬버스'라고 칭하며 '조그만 우스운 이야기'라고 이름하였다. 그리고 부산항이 무수한 선박들의 호화로운 출범과 나폴리 이상으로 훌륭하고 아름답게 될 것을 기원한다.

부산항은 1876년 강화도 조약에 의해 부산포로 개항하였다. 이곳은 현재 201척의 배를 동시 접안할 수 있으며 116만 2000톤을 야적할 수 있는 시설을 갖춰 1867만(2014년 기준) TEU를 처리 컨테

이너항만 중 물동량 세계 5위라고 한다. 정지용의 바람대로 현재 부산항은 대한민국 최대의 무역항이 되었고 그 규모가 크고 무역량이 많아 무수한 배들이 들고난다. 뿐만 아니라 부산항에서 외국과 내국의 섬으로 떠나는 사람들이 많아 여객항으로의 역할도 톡톡히 해내고 있다.

1923~1929년 일본 동지사대학 시절 정지용이 부산항에서 오사카항으로 가서 교토로 이동했다. 물론 옥천에서 부산까지는 기차를 탔을 것이다. 나는 정지용이 걸었던 길을 그대로 가보기로 하였다.

옥천에서 밤중에 기차를 타고 새벽에 부산역에 도착하였다. 부산역에서 우동을 먹고 부산항 국제여객터미널로 향했다. 재작년만 해도 부산여객항은 비좁았다. 1층에서 환전을 하고 2층으로 올라가면 배에 오르기 위해 길게 줄을 늘어선 행렬이 눈에 띄었다. 여행사 직원들이 고객의 이름을 부르기도 하고 새치기를 한다며 얼굴을 붉히는 장면도 목격되었다. 그때 부산항은 짐을 내려놓고 앉을만한 공간을 찾기가 쉽지 않을 정도로 비좁고 우울했었다.

그러나 2015년 부산항 국제여객터미널이 해양도시 관문으로 상징적 역할을 수행하고 관광명소로 자리 잡기위해 재정비되어 문을 열었다. 15만 4022m²의 대지에 9만 3932m²의 연면적으로 지하 1층 지상 5층 복합식 건물로 컨벤션센터, 출국장, 입국장, 주차장 등을 갖추고 그 위엄을 뽐내고 있다. 이곳은 시모노세키, 오사카, 하카다, 후쿠오카, 이즈하라, 히타카즈 등을 카페리와 크루즈가 수시로 드나들고 있다.

드디어 내가 탄 오사카행 크루즈 '성희호'는 뚜-우 소리를 길게 뿜어냈다. 부산을 뒤로하고 바다는 울렁거리기 시작하였다. 용암이 솟아오르듯 이글거렸다. 이글거리며 울렁거리고 울렁거리다 쿨렁쿨렁 흔들어 댔다. 대단하였다. 여기서 금방 이 큰 배를 삼켜버리기라도 할 기세다. 끝없이 생각만 깊었다.

이따금 날아드는 갈매기가 멀미를 앓는지 수면으로 팩 내다 꽂힌다. 바다는 하염없이 짖어댔다. 앙칼지게 울렁이며 바이킹을 수도 없이 태웠다. 여객선 TV에선 1박 2일 먹방 프로그램이 소리를 높인다. 나는 배멀미를 앓았다.

내 속은 바다보다 더 앙칼지게 훑어대며 울렁거렸다. 더 이상 메모하는 것이 불가능하였다. 포기하였다. 비닐봉지에 내 얼굴을 깊이 묻고 온 몸을 울렁거렸다.

우리 해경이 대한민국 영해까지만 크루즈를 안내하고 일본 내해로 들어가니 되돌아간다. 그 모습을 보고 있노라니 나는 어미 잃은 병아리처럼 마냥 슬프고 외롭다.

막이 내리자 전등이 꺼지자 징이 울자 막이 열리자 조명이 장치무대를 노출했다. 창밖에서 본격적으로 내리는 비가 자진하여 무대 효과의 일역을 담당한다.

–「부 산」 4 중

못나도 울 엄마

동래여자중학교 연극부가 향파 이주홍(1906~1987) 원작 겸 연출인 연극을 부산여자중학교 대강당에서 공연한다.

솜털 안 벗은 1600여명의 여학생들은 유순한 양떼처럼 대강당에 쫑쫑히 앉는다. 부산여중 연극부장이 동래여중 연극부에 대한 양교의 친선이 예술을 통해서 도모된다는 환영사와 함께 꽃다발을 전한다. 동래여중 연극부장은 환영에 실연할 연극이 퍽 부끄럽다며 예술을 향상하는 영광을 귀교(부산여중)와 갖고자 한다고 답사를 한다.

대한민국에 있는 문학관을 모두 돌아보겠다는 생각으로 시작한 문학관 기행은 2011년까지 이어졌다. 당시에는 문학관 기행문을 써서 한 권의 책으로 정리하고자 하였었다. 남편은 사진을 찍고 나는 글을 쓰고자 자투리 시간이 나면 전국에 산재해 있는 문학관으로 달려갔었다. 그러나 나의 게으름병과 정지용에 대한 지독한 고질병이 도져 문학관에 대한 기행문 쓰기가 자꾸만 미뤄졌다. 틈만 나면 정지용에 대한 생각과 쓰기에만 골몰하였다. 그렇다고 그다지 거창한 것도 하지 않은 것 같다. 그렇게 속만 태우며 그 미룸은 지금까지 이어졌다. 엉뚱하게 그때 그 기억을 정지용의 여정과 관련된 이

책에 실게 되었다. 방향이 바뀌었지만 그때 문학관에 미쳐 전국을 돌아다니며 땀을 흘렸던 기억이 새록새록 돋아난다. 그리고 그때도 참 행복했었다는 생각이 방안에 가득 차온다.

2010년 8월 7일 부산 이주홍 문학관에 갔다.

당시 이곳에서 『못나도 울 엄마』라는 동화집을 샀다. 책을 사면 산 날과 기억되는 것들을 간략하게 적어놓는 나의 습관 때문에 이주홍 문학관을 방문한 연월일을 정확히 알 수 있다. 기쁘다. 그때 기억이 새록이 솟아난다.

여행을 가면 기념품을 꼭 사오는 것이 나의 버릇이다. 이러한 또 하나의 버릇이 유용하게 쓰일 때가 있다니, 반가움으로 다가온다. 스스로 기특하다고 칭찬을 해본다. 속으로 웃어보기도 한다.

『못나도 울 엄마』에서 못난 엄마는 서면 철다리 밑에서 떡장수를 하는 할머니를 말한다.

명희는 "너는 서면 철다리 밑에서 주워 온 애"라는 말을 듣는다.

흔히 부모님이나 주변에서 '다리 밑에서 주워 왔다'는 말을 들으며 자란 세대들이 많다. 명희도 부모님과 복자언니로부터 명희를 주워왔다고 장난삼아 하는 말을 들었다.

명희가 학교에서 일찍 돌아온 날, 엄마는 "젖먹이 동생 은미를 보라"며 "따바우네 집, 담뱃집, 큰집, 영란네 집을 다녀올 테니 배고프면 찬장에 둔 삶은 감자를 먹"으라고 하고 밖으로 나갔다.

"심부름을 많이 할수록 착한 사람이 된다."는 엄마의 말을 흉내내기도 하고 학예회에 발표할 연극 대본을 외운다. 떡을 사먹으려다 재봉틀 뚜껑을 부수고 만다. 이 소리에 놀란 은미가 깨서 자장가를 불러 재운다. 은미 옆에 누워 하품을 하던 명희는 잠이 든다.

복자 언니는 학교에서 돌아와 명희와 말다툼 끝에 "너의 집에

가'라고 한다. 어머니가 '서면 떡장수의 딸이 아니'라고 속 시원히 말해주지 않던 어느 날 밤에 명희는 장판바닥이 미끈덕해질 때까지 울었다.

가족 누구와도 닮은 점을 찾지 못한 명희는 서면 철다리 밑으로 엄마를 찾아 나선다. 엄마라는 떡장수 할머니는 '얼굴이 씨커멓고, 머리털이 헝클어지고, 외눈박이고, 코가 벌름, 입이 삐투룸, 한쪽 팔이 곰배팔이며 옷에는 때가 덕지덕지 묻어' 꿈에라도 보일까 무서웠다.

그러나 할머니는 명희를 알고 있었고 세 살 때 지금의 복자 아버지가 데려간 자기 딸이라고 한다. 몸이 불편한 할머니를 부축해 판자집으로 간 명희는 물을 구하러 이웃집에 갔다 개에게 옷자락을 물린다. 물을 구해 할머니에게 먹이며 "엄마"라고 부르며 가련하게 정이 들었다. 은미 우는 소리가 들리고 밖에 나갔던 엄마가 돌아와 "학예회 연습한다더니 은미만 울린다."고 야단을 친다. 꿈이었다.

짧은 동화 한 편에 이러저러한 이야기들이 석류 속 알맹이처럼 매달려 있다. 이 동화는 묘사나 설명을 최소한 줄이고 사건 중심으로 이야기를 서술하고 있다. 『못나도 울 엄마』는 1969년 옥천에서 태어난 이은천 화백이 그림을 그려 더 관심이 갔던 책이었다.

정지용은 실질적 부산지역의 연극계를 이끌어온 이주홍과 어린이 잡지 『신소년』(1923. 10~1934. 2)을 발간에 관여하였다. 『신소년』은 이주홍, 김갑제, 신명균이 편집을 정지용, 이주홍, 마해송, 윤석중이 집필하였다.

이렇게 향파 이주홍과 정지용의 인연은 이어졌었다.

나는 평생 남의 남편 노릇 연습한 적 없이 이제 남의 늙어가는 남편
이 되어 이곳 남쪽 ○여학교 강당에 당도하여 남편노릇 아내노릇을
박수하며 견학하고 있다.

―「부 산 5」 중

경상도 어학

어문학공부는 시와 산문의 낭독, 우수한 국어 구사자 배출, 국어의 국제적 품위를 높이는 데 있다.

동래여자중학교 연극부 「나비의 풍속」 대사 연습은 표준어로 진행된다. 경상도 사투리가 경상도 여학생의 입으로 아름다운 표준어로 탈태되어 나온다. 정지용은 국어말살교육이래 '흐뭇한 기쁨'을 얻는다. 그러나 영문과 여학생이 열심히 연습한 영어극처럼 들려 자주 웃는다.

정지용은 이발소에서 이발을 하다가 "당신은 조선말 중에 제일 어려운 경상도 어학을 어찌 그리 잘하냐?"고 이발사에게 묻는다. 이발사는 "이게 쉴 합니더."라고 대답한다. 그는 20년만에 만난 두 춘[1]에게 "평생 낫지 못하는 것이 무엇?"이냐고 묻는다. 두 춘은 "만성병이캉 고질병이캉 그렁거 아닝가?"라고 답한다. 정지용은 "자네 경상도 사투리가 한 개의 질병"이라고 말한다.

두 춘은 최삼한기의 필명이고 아호다. 1908년 통영에서 태어난 그는 시인이며 교육자이다. 청마 유치환의 아버지 유준수가 청마의

1) 정지용, 「남해오월점철7, 부산5」, 『국도신문』, 1950. 5. 25.의 글자가 마모되어 김묘순 편, 『원전으로 읽는 정지용 기행산문』, 깊은샘, 2015, 172면에는 '두 준'으로 오기(誤記)됨.

형 동랑을 유학 보낼 때 평소 친하게 지내던 두 춘의 집안 사람들과 상의했으리라는 추측을 낳고 있다. 이미 두 춘의 외가쪽에 일본 명치학원 중학부에 다니는 박명국이 있었기 때문이다.

유치환(1908~1967)과 동갑인 두 춘은 통영공립보통학교, 풍산중학교를 졸업하였다. 1928년 조도전대학 제2고등학원에서 수학하였다. 통영여자고등학교 교감을 지냈다. 그는 1954년 안의중학교 6대 교장, 1960년 8대 교장으로 취임하였다.

정지용은 유치환, 두 춘을 통해 마산의 시동인지에 「낙타」를 실었다고 하나 아직 확인되지 않고 있다.

무대에서는 표준어 연극을 진행하는 동래여자중학교 학생들이 검도시합하듯 긴장하고 있다. 남편, 시어머니, 아들, 과부 역까지 모방하며 연극을 하고 있다.

동래여자중학교는 1946년 동래고등여학교를 6년제 동래여자중학교 개칭, 1951년 동래여자중·고등학교로 분리되었다. 그런데 동래여자중학교 연극부원이 실연을 하였던 부산여자중학교는 1945년 부산공립고등여학교로 창립, 1953년 부산여자중학교로 변경되었다고 홈페이지에 적혀있다.

두 학교에 전화를 수없이 하였으나 허사였다. 주말이라 학교가 비어있는 모양이다. 월요일에 다시 연락을 해봐야하겠다. 부산여자중학교 호칭 문제는 정지용의 앞서간 교명인지, 홈페이지에 오기가 발생된 것인지.

정지용 친필 「녹음애송시」(『문학독본』 수록, 1948)

영도 송도를 뒤로 물리쳐 보내고 이제부터 섬들이 연해 쏟아져 나온다. 어느 산이 뭍 산이오. 어느 산이 섬 산인지 모르겠다. 일일이 물어서 알고 나가다가 바로 지친다. 금강산 만 이천 봉 치고 이름 없는 봉이 없었다.

−「통 영 1」 중

정지용은 그때 알았을까

　"영도 향파 댁 유리창이 검은 새벽부터 흔들리고 새벽이 희여지
자 가죽나무 잎이 고기새끼처럼 떤다."며 정지용은 통영 가는 동안
의 뱃멀미 걱정을 하였다. 청계는 "괜찮다."고 답하고 180톤 배는 뽀
오-를 발하며 잔잔한 바다를 건넌다. 영도, 송도를 뒤로하며 뭍산
인지 섬산인지 모를 섬들을 연해 쏟아낸다. 섬에서 다른 섬으로 시
집가는 오색찬란한 신부 일행의 꽃배에다 대고 손을 흔들고 모자
를 저어 축하해준다. 정지용은 멀미를 하는, '하동산다는 열 살짜리
정명순'을 무릎에 누이고 바람을 막아주며 소년시절 유행가 정서를
회복한다.

　그 당시 향파 이주홍이 영도에 살았는지 정지용은 향파 댁에서
머물렀는지 궁금하였다. 합천 이주홍어린이문학관에 전화를 하였
다. 이곳에서는 "모르겠다"며 합천시 관광진흥과나 부산 이주홍문
학관으로 연락해 보란다. 부산 이주홍문학관으로 연락을 하였다.
그러나 허사였다. 토요일이라서 근무자가 없는 모양이다. 전화를 받
지 않는다. 일요일도 전화를 안 받는다. 그러면 월요일에 다시 전화
를 해야 할 모양이다. 대부분 문학관은 휴일에 근무하고 월요일에
휴관을 하는데 이곳은 참 이상하다는 생각이 든다. 낭패다.

정지용이 통영에 배를 타고 갔다. 제주도 배를 타고 갔다. 일본도 배를 타고 드나들었다. 나는 통영에서 유명한 사량도를 가보기로 하였다. 정지용이 통영에서 바라보았을지도 모를 사량도 지리망산.

통영 가오치항에서 11시 배를 타고 사량도에 도착하였다.

지리망산은 등산로가 험해서 등산시간이 길다. 그래서 남편은 숙소는 미리 예약해 두었으니 등산부터 서둘러야 한다고 말했다.

말로만 듣던 지리망산 산행은 녹록치 않았다. 달바위(400m), 가마봉(303m), 옥녀봉(281m)을 가는 것은 숫제 종합유격훈련장이었다. 능선을 따라 오르고 내렸다. 능선은 날카로운 유리가 날카로운 칼을 거꾸로 세워둔 것만 같다. 깎아지른 바위를 기어서 오른다. 오른쪽을 봐도 왼쪽을 봐도 바다다. 아름답다기보다 무섭다. 조금만 삐끗하면 바다로 착륙할 것만 같다. 앞을 보니 철계단이 90도 각도로 버티고 있다. 뒤를 보면 수없이 낭떠러지다. 오금이 저렸다. 태어나서 처음 이렇게 험하고 무서운 산에 올랐다.

나는 촌에서 태어난 촌놈이라 산하고 친했다. 봄이면 고사리를 꺾고 진달래꽃을 따먹었다. 여름이면 소를 몰고 다니며 풀을 뜯겼다. 송아지도 있으면 더 재미있었다. 송아지의 그 여린 털빛이 이뻐서 자꾸만 배며 머리며 엉덩이를 쓸어주었다. 파리도 쫓아주고 진드기도 잡아 주었다. 고추밭 언저리에 있는 물외도 따먹고 당근도 캐서, 잎은 송아지 주고 뿌리는 내가 먹었다. 그럴 때면 송아지의 그 초롱한 눈에 내 얼굴이 비쳤다. 지금 생각하면 그때의 나는 '순수'라는 단어를 설명하기에 적당한 것 아닌가하는 생각이다. 가을이면 산으로 들로 내달려 메뚜기와 살진 미꾸라지를 잡고 알밤을 주워 앞니로 껍질을 까먹었다.

겨울에는 나무를 하고 토끼사냥을 다녔다. 오빠는 발 시리다고 나에게 제대할 때 신고 온 군용워커를 신겨줬다. 발은 워커 안에서 저절로 놀았지만 끈을 바짝 조여 빠져나오진 않았다. 토끼 사냥은 눈에 발이 푹푹 빠지는 날이 제격이다. 그런 날 토끼가 배가 고파서 밖으로 나온다고 하였다. 배고픈 토끼를 잡기위해 배부른 사람들이 나서서 토끼를 몰았다. 그때는 그것이 재미있었다. 지금 생각하면 영 마음이 아프다. 어렸을 적 나는 잔인했거나 생각이 많이 모자랐던 모양이다.

이렇게 사시사철 산에서 자라다시피한 내가 산이 무섭기는 처음이었다. 산이 왜 무서웠을까?

바다가 있어서였나보다. 내가 겪은 산은 바다가 없고 가재가 사는 계곡만 있었다. 그러니 넘어져도 바다로 다이빙한다는 두려움은 없었다. 산은 험하고 바다는 깊어 남들이 좋다고 칭찬하는 풍광을 보지 못 하였다. 앞만 보고 걸었다. 아니 남들이 보았다면 기어가 놓고 걸었다고 말한다고 웃을 일이다.

출렁다리도 지나야만 하였다. 이것도 무섭다. 그러나 남편은 우회도로로 가려면 시간이 많이 지체된단다. 그러니 아래를 바라보지 말고 건너란다. 해가 저물어가니 그럴 수밖에. 그러나 5미터쯤 가니 더 이상 발을 옮길 수가 없다. 속이 울렁거리고 떨어질 것만 같았다. 뒤로 돌아섰다. 우회도로로 돌고 돌아서 가다 넓은 바위에 앉아 커피와 컵라면과 사과를 먹었다. 산에 오르기도 힘든데 이렇게 준비해서 여기까지 짊어지고 온 남편이 고맙다. 살짝 모자란 사람과 사느라고 애쓴다는 생각이 드니 비죽이 웃음이 새어나왔다. 사람들은 왜 무서운 것을 재미있다고 하는지 영 모르겠다.

정지용은 충무바다에서 이곳을 바라봤을까? 이렇게 날카롭게 깨진 유리가 솟구친 것 같은 산이란 것을 알고 있었을까?

정지용 가족(1937)

고기가 많이 모이는 탓인지 물오리가 많이 떠있고 한곳을 지나려니
수천의 오리 떼가 뜨고 잠기고 한다. 물구비를 타오르고 미끄러지고
거꾸로 잠기고 목 부러진 채 솟은 꼴이 실로 장관이다. 하도 많이 보
고 나니 나중에는 잔물결 햇볕에 번득이는 것이 모두 오리대강이로
보인다.

—「통 영 2」중

월이와 밀정

통영 연안은 한류와 난류가 만나 어류가 총집합한다고 정지용은 적고 있다. 멸치, 대구, 도미, 갈치, 개조개 등을 잡아 일본, 중국, 마카오 등으로 수출한다고 하였다. 견내량²의 어부들은 긴 장대 끝에 창을 꽂아 물밑을 찔러 통영 개조개를 캐낸다고 하였다.

그러나 한산대첩의 배경이 되었던 이곳은 현재 암초가 많고 물살이 세서 최적의 미역서식지로 손꼽힌다. 임금님 진상품이었던 견내량 돌미역은 양식미역보다 두껍고 탄성이 좋아 맛이 좋기로 유명하다. 견내량 인근 어민들은 옛 선조들이 돌미역을 채취하던 방식을 고집하고 있다. 이들은 긴 나무 막대기를 바다 깊숙이 꽂아 바다 밑에 자란 돌미역을 돌려 감는 방식으로 채취한다. 돌미역은 이곳 주민들의 소득증대에 효자노릇을 하고 있다고 한다.

견내량은 임진왜란 때 이순신 장군이 왜군을 유인하여 궤멸시킨 역사의 현장이다. 1971년 이곳은 740m의 거제대교가 거제시 사등면 덕호리와 통영시 용남면 장평리를 이으며 육로가 생겼다. 이제 더 이상 섬이 아닌 곳이 되었다.

---

2) 정지용, 「남해오월점철9, 통영・2」, 『국도신문』, 1950. 5. 27.의 글자가 마모되어 김묘순 편, 앞의 책 175~176면에는 '게내량'으로 오기(誤記)됨.

정해룡은 소설 『조선의 잔다르크 월이』에서 월이를 "논개보다 더 거룩하고 더 위대한 충절의 여인"이라고 서술하고 있다. 정해룡은 월이가 살았던 무기정 우물을 같이 먹고 자랐다. 시인이었던 그는 "문학을 하면서 내 고향을 소재로 작품 한 편은 써야 한다는 마음의 큰 빚"을 지고 있었다고 고백한다.

진주 논개는 적장 하나를 안고 갔으나 월이는 일본의 함대 26척과 3500여명의 수군을 전멸시키는데 결정적 역할을 하였다. 15세기 후반 도요토미 히데요시는 게이테스 겐소 등의 승려를 공식 사절(밀사, 밀정의 역할 수행)로 파견한다. 이들은 조선의 해변지도 작성과 민심 등을 탐지하며 동래, 부산, 낙동강, 진해, 마산을 거쳐 서울까지 두루 살피느라 6개월 이상씩 체류하기도 하였다. 이들은 해안선을 살피고 지도를 그렸다. 그리고 고성 무학동 무기정에서 묵게 된다. 월이는 이들이 1년 전에도 무기정에서 며칠 쉬었다 간 사람임을 알았다. 이들과 기녀들은 구면인지라 바로 친해져 술을 권하며 풍류를 즐겼다. 술에 취해 잠든 게이테스 겐소의 품안에서 겹겹이 싼 비단보자기가 보였다. 예사롭지 않음을 직감한 월이는 보자기를 열었다. 보자기에는 조선을 침공하기 위한 해로공략도와 위기발생 시 육상도주로 등의 지리와 지형이 자세히 그려져 있었다.

월이는 그 지도에 당항만이 바다로 이어진 것처럼 그려 넣었다. 고성읍 수남리 앞바다와 지금은 간척지가 된 소소강을 연결하였다. 즉 통영군, 동해면, 거류면을 섬으로 만들어 놓았다. 그런 후 월이는 보자기를 밀정의 품에 다시 안겨줬다.

월이가 조작한 지도를 들고 1592년 일본군은 1차 당항포해전을 치렀다. 이순신의 전략에 밀린 일본군은 바다로 빠져나가려 했으나 허사였다. 당항만으로 들어와서 바다로 빠져나갈 수 있는 지도에는 표시된 해로를 찾았으나 바다는 더 이상 연결되어 있지 않았다. 일본군은 육지에 막혀 전멸하였다고 한다. 지금도 당항포 앞바다 견내량을 일본 밀정을 속였다하여 '속싯개'라는 지명으로 흔적을 남기고 있다.

기생 월이의 기지와 일본 밀정의 어리석은 이야기는 지금도 충무에 전설로 남아있다고 한다.

사당 문을 고요히 닫고 나와 석계에 앉아 멀리 한산도를 조망한다. 살아
서 액색하셨던 충무공은 순국하시고도 이렇게 겸손한 사당에 계신다!

−「통 영 3」 중

겸손한 사당에서

정지용은 청마와 두춘의 안내를 받아 명정리 우물에서 손을 씻고 이를 가시고 충렬사에 간다. 미물과 같이 어리석고 피폐한 불초 후배이기에 서럽다고도 할 수 없는 눈물이 솟았다고 한다. 웬만한 시골 향교보다도 작은 사당에 이순신의 충혼을 모셨다고 너무도 가난한 사당이라고 안타까워한다. 일행은 분향하고 재배를 하는데 저절로 이마가 마룻바닥에 닿았다고 하였다.

지난해 여름 충렬사에 이르니 400년 되었다는 동백나무가 마중을 나왔다. 정지용이 65년 전에 다녀갔을 때와는 전혀 다른 느낌의 충렬사였다. 깔끔하게 정리된 안내표지판, 정원수, 보도블록과 잔디들이 한여름 태양을 쬐고 있었다.

1840년 이순신의 8세손 이승권 통제사가 건립하고 현판을 걸었다는 강한루는 정면에 자리하고 있다. 이 누각은 잘 가꾸어진 죽림과 조경수들이 어우러져 멋진 자태를 뽐내고 있었다.

강한루 왼쪽에는 전시관이 자리 잡고 있다. 이곳에는 중국 명나라 신종이 이순신에게 보내온 팔사품이 전시되어 있다. 팔사품은 임진왜란 때 조선을 도왔던 명나라 수군 도독 진인이 이순신의 뛰어난 전략과 빛나는 전공을 신종에게 보고하자 신종이 이순신의 공에 감동하여 보낸 지휘관을 상징하는 8종류의 물품을 이른다. 이는 도독인 1개, 호두룔패 2개, 귀도 2자루, 참도 2자루, 독전기 2폭, 홍소령기 2폭, 남소령기 2폭, 곡나팔 2개로 8종류 15개로 이루어져 있다.

사제문도 있었다. 사제는 임금이 죽은 신하의 제사를 지내주는 것이다. 이 사제문은 술과 고기를 위패 앞에 모신 다음 투구와 갑옷을 입은 채로 잔을 올리고 제사하라는 정조 임금의 하사 제문이다. 후세의 임금도 국가와 민족을 위해 희생한 이순신 장군 앞에 예를 갖췄다. 나도 자꾸만 머리가 숙여졌다.

충렬사 담장은 작은 돌멩이로 쌓아 담장 머리는 기와로 양증맞게 정리되어 있다. 나는 이런 돌멩이로 만든 담장을 유독 좋아한다. 정감이 어린다. 마치 어린 시절 고향집 골목에 서있는 느낌이다. 바람이 한줄기 지나갔다. 등허리가 시원하다.

외삼문을 지나 숭무당과 경충재가 좌우에 서있다. 숭무당은 통제영에서 파견한 장교들이 상주하던 곳인데 현재는 회의실과 강의실로 쓰고 있다. 경충재는 충렬서원으로 불리던 강당인데 대원군의 서원철폐령에도 무사하여 지금까지 존속되어 있다. 이순신의 신위가 모셔져 있었기 때문에 존속되었으리라.

"한 개의 목공예품 같은 소박하고 가난하고 아름다운 중문"이라고 정지용이 서술하였던 이곳 중문을 지난다. 내삼문이 나온다. 내삼문 안에는 사당이 있다. 사당의 동쪽에는 동재가 이어 자리하고 있다. 동재는 제관들이 제례를 지내기 위해 몸과 마음을 정결히 하고 의복을 갖추어 입는 곳이다.

이순신의 신위가 모셔진 사당의 지붕은 특이하다. 지붕 맨 위쪽에 구멍이 뚫려있다. 이 구멍은 높은 곳에 위치한 충렬사에 바람이 많이 불어 바람이 지나가는 통로 역할을 한다는 것이다. 지혜롭다.

충렬사 뒤쪽에 충렬초등학교가 보인다. 학생들이 주말이라 보이지 않는다. 나무 그늘에 노인 몇 분이 더위를 피해 앉아서 연신 마른 부채질을 하고 있다. 이 더위에 나한테 끌려 먼 길을 동행해준 이의 목덜미에도 줄기차게 땀이 흘러내린다. 미안하고 고맙다.

세상에 그렇게 무섭고 잘난 사람이 어디 있으랴! 투구에 갑옷에 장검을 잡으신 조선 민족 중에 제일 얌전하시고 맑고 옥에 티 없듯이 그리워 지셨다.

－「통영 4」중

청마 댁 2층에서 논(論)함

충무공은 다사다난한 국란에 진영을 남기지 못하였다. 정지용과 친구들은 청마 댁 2층에서 한산도 제승당에 모신 충무공의 신구(新舊)영정에 대해 이야기 한다. 누구는 새 영정이 무장의 기개가 없이 문신의 기풍이 과하다하고 누구는 대장부도, 선풍도골도, 무강하신 무서운 얼굴도 아니시리라 한다. 정지용은 외화가 평범하고 문무를 초월한 성자 같으시리라는 의견을 내고 편히 잤다고 서술하고 있다.

제승당에 있는 충무공 영정은 얌전하고 티 없는 옥처럼 그려져 있다. 정지용은 어젯밤 청마 댁에서 낸 의견이 맞았다고 흡족해하며 우리민족 후예가 모두 충무공처럼 생겼으면 좋겠다고 하였다.

한산도로 향하는 파라다이스호는 선장의 안내방송이 있은 후 매끄럽게 달렸다. 제승당 입구에 '사적 제113호 한산도 이충무공 유적지'라는 바위 안내판이 우리를 반긴다. 제승당 가는 길목은 관광객들의 시끄러운 소리 속에서도 고요함과 적막감이 들었다. 왼쪽 산에서 키 큰 소나무들이 가지를 내려 악수를 할 것만 같다. 길 오른쪽으로 펼쳐진 바다는 섬을 안고 있었다.

안내판에는 충무공이 1592년 한산대첩을 치른 후 제승당을 짓고

1593~1597년 삼도수군 본영으로 삼아 해상권을 장악하고 국난을 극복한 유서 깊은 사적지라고 쓰여 있다.

이곳에는 후손 통제사 행적비가 있었다. 충무공의 후손으로 통제사나 부사로 부임했던 이들의 선행을 기념하기 위해 한산도와 거제도 주민들이 세운 송덕비를 한자리에 모아놓았다. 이태상, 이한창, 이승권, 이태권, 이규안의 송덕비가 늘어서 있었다.

충무공이 자주 올라 왜적의 동태를 살폈다는 수루(戍樓)도 있다. 그는 이곳에서 왜적을 물리쳐 나라를 구해달라고 기도도 하고 우국충정의 시를 읊기도 하였다. 이곳은 고동산, 미륵산, 망산을 연결해 봉화, 고동, 연 등을 이용해 왜적의 동태를 살핀 곳이라고 한다. 1976년 고증을 통해 신축하고 2014년 목조로 전면 개축하였다.

충무공이 부하들과 함께 활쏘기를 연마한 한산정에 올랐다. 한산정 안내판에 안내문이 있다. 안내문에는 활터와 과녁 사이에 바다(145m)가 있는 이곳 활터는 밀물과 썰물의 교차를 이용해 해전에 필요한 실전거리 적응훈련을 시키기 위해서 만들어졌다. 이곳에서 활쏘기 내기를 벌여 진편에서 떡과 막걸리를 준비해와 모두가 배불리 먹었다고 난중일기에 여러 차례 기록되어 있다. 이는 활쏘기의 흥미와 장졸들의 사기진작을 위한 충무공의 지혜였을 것이라고 안내하고 있다.

제승당 유허비는 1739년 통제사 조경이 제승당을 다시 세운 것을 기념하기 위해 세웠다. 제승당은 충무공이 작전지휘소를 세웠던 곳인데 정유재란 때 불탔다.

충무공의 영정은 정지용의 말이 옳았다고 나는 빙그레 웃었다. 정말 문무를 초월한 성자 같은 모습이다. 볼수록 온화한 모습이다.

『정지용시집』(건설출판사, 1946) 표지화

『산문』(동지사, 1949) 표지화(국화)

통영과 한산도 일대의 풍광 자연미를 나는 문필로 묘사할 능력이 없다.

-「통 영 5」중

낙타

미세먼지와 추적거리는 빗줄기에 숨이 고르게 쉬어지질 않는다.
하늘이 그저 뿌옇달 뿐인데 온통 사람들은 미세먼지 때문이란다.
전에 없이 뿌옇고 흐리멍텅한 하늘을 보니 세상 사람들 이야기가
옳은가보다.

책상 위로 가득히 쌓여가는 인쇄물들 틈에서 가위눌림을 당하
는 날 무작정 밖으로 탈출을 한다.

청년시절에 감당하지 못하였던 한 시인을 향한 궁금증이 홍염처
럼 돋았다. 지천명을 넘어서면서 그 홍염은 위험수위를 넘고 있다.
그런들 어찌하랴. 궁금증은 달려가서 풀어야하거늘.

미륵산 정상에 오르는 길이다. 정지용 시비(詩碑)가 나를 반긴다.
시비 내용과 뒷면의 내용을 여기에 옮겨본다.

통 영

통영과 한산도 일대 풍경 자연미를 나는 문필로 묘사할
능력이 없다. 더욱이 한산섬을 중심으로하여 한려수도 일대
의 충무공 대소 전첩기를 이제 새삼스럽게 내가 기록해야
할 만치 문헌이 부족한 것도 아니다.

우리가 미륵도 미륵산 상봉에 올라 한려수도 일대를 부감
할 깨 특별히 통영 포구와 한산도 일폭의 천연미는 다시 있
을 수 없는 것이라 단언할 뿐이다.

이것은 만중운산 속의 천고절미한 호수라고 보여진다. 차
라리 여기에서 흐르는 동서지류가 한려수도는커니와 남해
전체의 수역을 이룬 것 같다.

- 정지용의 「통영5」 중에서 -

8·15 해방 이후 시인 정지용(1902~1950)은 부산에서 통영을 거
쳐 진주를 여행하면서 18편의 기행문을 써 이를 「남해오월점철」에
묶어 남겼다. 그 중 통영에서는 청마 유치환 선생의 안내를 받아 제
승당, 충렬사, 미륵산 등을 둘러보며 6편의 기행문을 썼다.

특히 이 중 '통영 5'는 미륵산에서 한산도 앞바다를 바라보며
시인으로서 느낀 점을 너무나 진솔하고 생생하게 표현하여 지금
도 이 글을 읽으면 그 대 이곳에 서있던 선생의 모습이 그려진다.

선생의 고향 충북 옥천에서 보내 온 생가터 흙을 시비(詩碑)속에
함께 묻어두었다.

정지용의 약력을 시비 아래 금동으로 간략히 소개하고 좌대에는
나침반 모양으로 지명과 도시의 이름을 표기하였다. 마치 정지용이
그렸을 혹은 그리워하였을 자아 세계관의 확대인양.

박철석은 『한국현대시인 연구 유치환』에서 6·25 동란이 일어나
기 직전 5월 초순 부산 미공보원에서 정지용을 보았다고 한다. 보도

연맹이 주최한 '문학의 밤' 전국 중요도시 순례 중에 시낭송을 하였는데 "정지용이 무슨 시를 낭송하였는지 기억이 확실치 않다", "정지용의 인상은 아래위로 싱글로 검은 나비 넥타이를 매고 작은 키에 검은 테 안경을 쓰고", "당시 마산에서 발행한 『낙타』라는 얄팍한 시동인지에서 정지용의 글을 읽은 적"이 있다고 말한다.

경인년 5월 10일 청마의 청령장에서 정지용이 영랑의 시 「모란이 피기까지는」 전문을 붓으로 쓰고 청계 정종여 화백이 모란 묵화를 그렸다는 시화. 이 시화를 완성해 놓고 흐뭇해 하셨을 청마, 청계, 지용의 모습을 떠올려 본다.

정녕, 그들은 어디로 가고 있으며 어디로 가야 그들의 흔적은 찾아 지는가? 그들도 낙타처럼 숨어있거나 사라졌는지도 모를 일인가? 연일 발표되는 미세먼지에 대한 중압감에서 나의 행동반경이 가위눌리고 주눅이 든다.

통영읍 총선거 입후보자 중의 애국자는 인문 계통의 애국자보다는
이 어업 생산의 경륜기술자로서의 애국자가 더 필요하다.

　　　　　　　　　　　　　　　　　　　　　-「통 영 6」 중

도리질

통영 영해에 일본인 밀어선이 판을 친다. 전파탐지기로 우리나라 천연자원을 훔쳐간다. 멸치 잡을 그물 얽을 기술이 없어 그물도 일본에서 사온다. 캔에 넣어 가공할 공장도 없다. 통영 어업 기술을 위하여 국가의 관심을 유도할 국회투사가 필요하며 수산중학교에 기대하는 바가 크다고 정지용은 서술하고 있다.

정지용처럼 시를 잘 쓸 수는 없는가.

마음이 앞서는 날이 많다.

속이 시끄러운 날도 있다.

이런 날은 파도타기를 하며 유명한 시인의 트위터를 들여다본다. 그럴 때면 영락없이 충격을 받는다. 그들의 생경함이나 용감함이거나 한쪽으로 너무 기운듯한 생각 속에서 알 수 없는 도리질을 해 본다. 이것이 글이고 이게 시이고 이들이 문학이란 말인가.

밤새도록 바람이 이는 대로 그네를 탄다.

그래도 이해가 가지 않는 것은 이해를 할 수 없다는 것이다. 세상도 나를 이해 못하듯 나도 그들을 모르겠다.

그러나, 그러나 세상사는 이야기를 어쩌면 그렇게 매콤하게 상큼하게 풀어 놓았을까? 가끔 그 글들 앞에서 전율하고 만다.

그리고 기죽어 하룻밤을 꼬박 새운다.

나는 언제쯤 저렇게 익은 글을 쓸 수 있을까?

글이란 잘 쓰려고 하면 할수록 기교만 떨고 멀리 달아난다. 적어도 내 경우는 그렇단 말이다. 그렇다고 쉽게 쓰려 한다고 바짝 다가오는 것도 아니다. 그러면 아예 멀뚱멀뚱 아는 척도 안 한다.

새벽 세 시가 다가온다. 오늘은 2016년 전국정지용백일장이 열리는 날이다. 오늘밤 잠은 영 글러 먹었나보다. 이래저래 생각만 많고 걱정도 된다.

여름이다.

마땅히 쏘다닐 겨를이 없는 내게, 악필로 빼곡히 채운 하루를 안고 무작정 짙푸르게 달려보는 일이란 신나는 일이다.

길을 가다가 마주친 30년 전 기억들.

그땐 차마 꺼내지 못했던 늦은 이야기들.

그것들을 주섬주섬 담아 또박 또박 도화지에 그린다. 비록 그것이 수신인 없는 편지가 될지라도 나는 어김없이 하루를 위로하며 그려내야만 한다. 그것이 늦은 안부가 되어 미동도 없이 그 자리에 머무르고 말지라도.

나는 어김없이 또 하루를 그리고, 쓰고, 다듬어야만 한다.

온종일 해를 만난 적 없어 궁기마저 채울 수 없는 날에도 나의 그리기는 멈출 줄 모른다. 하품이 찾아오는 따분한 하루여도 나는 그것을 강렬한 언어로 바꾸어야만 하고, 풀리지 않는 수학문제 앞에서 지루했던 하루마저도 온전하여야만 한다. 나는.

온통 젖은 나의 하루를 경건히 위로하는 그런 여자이어야만 한다. 뿐만 아니라 나는 한없이 고요로운 여자이어야만 하기 때문에 자꾸만 나의 하루가 눈에 밟힌다.

아니, 내가 나의 눈에 밟히는 이유는 모호한 언어로 비뚤어진 경계마저도 허물어야만 하는 직업을 가진 여자이기 때문인지도 모른다.

나는.

나의 펜 끝에서 젖어드는 다듬어진 언어들은 누군가에게 다가가 르네상스로 부화되어야 하고, 돌아갈 기약 없이 사라져 버린 고향이 되어야 하기 때문이다.

언제나 나는 길들여진 언어들을 하늘 끄트머리에 대롱대롱 매달 수 있을까?

그것은 위대한 목표가 아니어도 좋다. 단 한 사람을 향해 꺼내지 못하고 묻어 두었던 상처받은 편린들. 그 조각들이 하늘가에 햇살로 뜨겁게 부셔져 내린 날이 있었으면 마땅할 뿐이다.

나는 내가 아닐 수 없고, 불은 불이 아닐 수 없듯이 세월은 시간이어야 하고 바람은 불어야만 한다. 그 바람의 광활한 기적을 바라며 기다려야만 한다. 그 기다림은 공허한 메아리로 정수리를 치받아도 기다림의 가장자리를 지켜내며 기다려야할 것이다.

저만치 뒷짐 지고 기다려주지 않는 진리의 회초리를 저물도록 기다리다 돌아서야할지도 모른다. 나는. 슬픔의 뿌리를 캐내며 진리가 떨구고 간 희망의 이삭을 주워 담아야 할지도 모른다.

더러는 누룽지처럼 붙어있는 진리의 덩어리를 멀리 밀어낸 바람을 맞으며 한 줄의 시를 쓸지도 모를 일이다.

나도 산처럼 물처럼 맑아지고 싶다.

서릿발처럼 고요로운 도도함을 지키는 내가 쓴 한 줄 시를 지구 위에서 만나고 싶은 날이다.

통영은 조용하나 바쁘다. 해안로와 바다가 보이는 통영식도락에서 해물뚝배기와 멍게비빔밥을 먹었다. 미처 덜 벗은 장화 속까지 바다가 따라온 듯한 어부들이 옆 좌석에 자리 잡는다. 가끔은 억센 경상도 사투리가 들리기도 한다. 그러나 태반은 못 알아듣겠다. 그래도 식당 여직원 두 명은 이들과 대화를 썩 잘 한다. 나는 이곳에서도 이방인임을 깨닫는다.

정지용

진주를 일러 예로부터 색향이라 함은 무슨 뜻이냐고 물으니 진주 인근 읍은 예전에 많은 지주가 살았다 한다. 지주 중 호화롭게 지내는 사람들이 진주부내에 기생 소실을 두기 좋아하였다.

-「진주 1」 중

논개는 우리의 할머니

논개는 촉석루에서 왜장 게야무라(毛谷村)를 안고 남강으로 투신한 충의 애족애국의 일념이 만고 미담으로 영원히 빛날 것이라고 정지용은 서술하고 있다.

주달문의 딸이라는 논개는 아버지의 별세 후 장수 현감 충의공 최경회의 후처가 된다. 임진왜란에 그녀는 최경회의 의병 활동을 도왔다. 1593년 최경회가 경상우도 병마절도사로 임명, 순국하자 적 장을 안고 투신한 열녀다.

유몽인의 『어우야담』에 "논개는 진주 관기였다. (중략) 논개는 미소를 띠고 이를 맞이하니 왜장이 그녀를 꾀어내려 하였는데 논개는 드디어 왜장을 끌어안고 강물에 함께 뛰어들어 죽었다."라는 내용을 근거로 논개는 기녀로 알려졌다고 한다.

그러나 1987년 해주최씨 문중에서 발간한 『의일휴당실기』에는 "공의 부실(副室)이 공이 죽던 날 좋은 옷을 입고 강가 바위에서 거닐다가 적장을 유인해 끌어안고 죽어 지금까지 사람들은 의암이라 부른다."고 적고 있다. 이것을 근거로 논개는 최경회의 후처로 알려지게 되었다. 이는 논개가 열녀임을 입증하고 있는 셈이다.

이리하여 논개의 신분이 기녀에서 최경회의 후처가 되었다가 사후에 정실로 인정받게 되었다. 400여년 후인 20세기에 이르러서야 논개가 기녀의 탈을 벗고 수면 위로 떠오르게 되었다. 논개는 연회장에 잠입해 적장을 꾀어내기 위해 기생으로 위장하였을 뿐이다. 그런데 관기로 오인하고 있다고 신분상의 논란을 일으키고 있다.

우리가 몰랐던 이야기.

즉 논개가 기생이라서 터부시되고 외면당하였던 일들은 우리를 생각에 잠기게 한다. 양반가의 딸로 태어난 논개는 아버지 사망 후 다섯 살 때 삼촌에 의해 민며느리로 팔렸다. 논개 모친은 논개를 피신시켰지만 계약위반으로 장수 현감에게 재판을 받았다. 이때 모녀를 구한 현감이 최경회다. 이를 계기로 모녀는 최경회 집에 머물게 되었다. 최경회는 부인과 사별하고 18세가 된 논개는 그의 후처가 되었다. 최경회가 임진왜란에서 죽자 논개는 왜장을 안고 남강에 몸을 던진 열녀다. 관기라는 편견에 잊혀질 뻔하였던 논개. 일제 때 논개의 고장인 장수군 일대 주씨를 모조리 말살하려 하는 고초를 당했다.

1846년 정주석 현감 때 장수에 '논개생향비'를 건립했다. 일제에 의해 이 비가 파괴되려는 위기에 놓였다. 장수 사람들은 이 비를 땅에 몰래 묻어 놓아 지켰다. 이들은 이렇게 지켜온 논개생향비를 꺼내 논개사당을 세우고 매년 음력 9월 3일에 주논개제를 지낸다.

논개는 기녀였을까? 열녀였을까?

기녀든 열녀든 가장 중요한 것은 그녀가 우리의 할머니인 한국인의 조상이라는 것이 아닐까?

1948년 정지용(좌), 방용구(우)

나는 한 시인처럼 즉흥 운문을 쓸 수 없다. 그러나 나는 감개무량하다.

－「진주 2」 중

일곱 살 동기(童妓) 가련(可憐)

해마다 5월 31일이면 진주부 유수한 노기들이 제관이 되어 의기 논개의 제사를 지낸다. 촉석루에는 시조와 검무가 젊잖게 열린다고 정지용은 적고 있다. 진주는 색향이 아니라며 어느 접대부의 사랑 이야기를 실화라며 소개하기도 하였다.

이루지 못한 사랑은 그 애절한 그리움이 더하여 오랫동안 잊혀지지 않는다. 조선 인조 때 대제학을 지낸 이광덕과 기생 가련의 지독한 사랑이야기는 아름답다 못해 처절하게 다가온다. 세상이 허락하지 않은 연애와 그들의 사랑이야기는 오늘날에도 듣는 이의 가슴을 애잔하게 만든다.

이광덕은 관북 어사에 임명되어 지방 수령의 비리를 조사하였다. 그런데 어사출도 하였다는 소문이 지방에 다 퍼졌다. 그러니 어사가 암행을 하여 조사를 하려해도 소용이 없었다.

그는 소문의 진원지 파악에 나섰고 7살 동기 '가련'임이 밝혀졌다. 소문의 실상은 이랬다. 가련은 굶주린 걸인 행색에 손이 흰 것으로 미루어 변장을 하였다고 판단하였다. 걸인에게 예를 다 갖추는 이는 종자로 생각된다는 이야기를 사람들에게 하였고 이 소문이 퍼지게 되었다.

이광덕은 가련의 총명함에 탄복하여 지필묵을 준비해 시 한 수를 지어줬다. 일곱 살 가련은 이를 받아들고 "정표로 간직하겠다."고 하였다. 이때 주위에 있던 판관, 종사관, 서리, 사령 등이 일제히 웃었다.

그리고 수십 년의 세월이 흘러 이광덕은 소론의 탄핵을 받아 함흥으로 귀양을 가게 되었다. 그는 울타리를 치고 그 안에 가두어두던 위리안치(圍籬安置) 외에는 비교적 자유로웠다. 울타리 밖으로 나갈 수 없었던 그는 울타리 밖에서 나는 아름다운 노래 소리를 듣게 된다. 어느 날 그 소리는 가련의 것임을 알게 되었다. 중년이 된 그녀의 눈은 차고 맑은 가을 호수처럼 깊었다. 천연하고 요요한 가련을 본 이광덕은 가슴이 울렁거렸다. 그는 가련이 자신을 봉양함은 고마웠으나 그녀가 홀로 늙는 것이 안타까워 출가를 권하였으나 허사였다. 둘은 울타리를 사이에 두고 서로 바라만 볼 뿐 사랑한단 말도 손을 잡을 수도 없는 기이한 사랑을 하게 되었다.

이광덕은 퉁소를 불고 가련은 '출사표', '적벽가', '공명가' 등을 부르며 듣는 이의 가슴을 녹였다. 이들의 육체관계가 없는 바라만 보는 애잔한 사랑은 퉁소가락에 절절히 실렸다.

몇 년 후 바깥출입도 허용되지 않던 이광덕의 유배 생활은 가련의 정성스러운 뒷바라지로 끝났다. 그는 한양으로 돌아가게 되었다. 관서와 관북의 기생은 한양으로 데려오지 못하는 '양계의 금'이란 조선시대의 법에 걸려 그는 가련을 한양으로 데려갈 수 없게 되었다. 이때 이광덕은 "벼슬에서 물러나 너를 부를 것"이라고 말하고, 가련은 "나리만을 기다리겠다."고 다짐하였다.

가련은 한관령까지 울면서 배웅하였고 이광덕은 한양에 간 지 얼마 안 되어 죽고 말았다. 그녀는 제사상을 차려놓고 '출사표'를 서럽게 부른 뒤 자결하였다. 여러 해가 지났다. 이때 어사 박문수가 이 이야기를 듣고 '함관여협가련지묘(咸關女俠可憐之墓)'라 새겨주었다.

이광덕은 아우 이광의를 변호하다 유배되었고 이때 가련을 만난 것으로 추정하고 있다. 그러나 그들의 슬픈 사랑이야기는 듣는 이에게 지금도 애절하고 가슴 저리게 전하고 있다.

최근에 발견된 『산문』(동지사, 1949) 표지화(연꽃)

이제는 색향이라는 별명이 부끄러워야 하고 사실상 색향 진주는 '고요한 미망인' 이상으로 쇠약하다.

                                                    —「진주 3」 중

세르팡

  지금 진주에는 양화가 C씨가 운영하였다는 '세르팡' 다방은 없었다. 당시 정지용은 이 다방에서 5일 분량의 원고를 썼다고 한다.

  '세르팡(Serpent)'이란 관이 휘어서 뱀처럼 생긴 옛날 관악기를 이른다. '뱀'이란 뜻의 프랑스어로 일본의 유명잡지 이름이기도 한 '세르팡'은 발음이 서구적이어서 그런지 이 상호가 1900년대 작가들의 작품 곳곳에 나오기도 한다.

  유진오(1906~1987)의 「김강사와 T교수」(1935)에도 '세르팡'이라는 찻집이 등장한다.

  소설의 줄거리는 다음과 같다. 동경제대를 졸업한 김만필은 H과장의 소개로 S전문학교 독일어 시간강사가 된다. T교수는 조심해야 할 학생 등을 김에게 알려주고 김은 T교수에게 감사한 마음을 갖는다. 김은 H과장에게 고맙다는 인사를 하고 과장집 앞에서 T교수와 마주친다. 과장 집에서 나온 T교수는 김과 차 한 잔을 마시길 권해 '세르팡'이라는 찻집으로 간다. T교수는 김이 쓴 '독일 신흥작가 군상'이라는 신문에 실린 글을 칭찬한다. 이 글은 좌익 작가를 다룬 글이라 학교에서 좋아할 리가 없어 김은 T교수를 두려워하게 된다. 어느 날 '스스끼'라는 학생은 김에게 문학자 박해 비판, 파시

즘, 히틀러 등을 이야기하며 김의 과거도 안다고 하였다. 그러면서 독일문학 연구 그룹지도를 부탁하나 김은 거절한다. H과장을 찾아 가 새해 인사를 하라는 T교수의 말대로 김은 H과장 집에 갔다. 그러나 김은 과장으로부터 남의 얼굴에 똥칠해도 되냐는 욕을 먹는다. 김은 결백하다고 항변하는데 윗방에서 T교수가 비열한 웃음을 웃으며 나타난다.

조항래는 「문단의 로망스」에서 김춘수(1922~2004) 시인은 '수련 별곡'이라는 시를 대구 동성로 2층 '세르팡'이라는 찻집에서 남겼다고 한다. '세르팡'이란 찻집 이름도 김춘수 시인이 지었다. 이 찻집은 1960~70년대 문인들이 즐겨 찾았다고 한다. 이곳의 주인이 바로 수련별곡의 주인공인 배화여고 출신 권수련으로 알려져 있다.

세르팡에서 그는 '꽃'을 이야기하고 「수련별곡」을 써서 수련에게 주겠다고 하며 쓴 시라고 한다. 20대 초반의 수련과 마흔 중반 시인의 사랑은 대구백화점 지하 생맥주집에서 싹텄다고 한다.

수련을 남다르게 아꼈던 김춘수는 그녀에게 찻집을 차릴 것을 권했다. 그리고 계명대 미술과 편입도 주선했다. 김춘수가 '나의 나타샤'로 부르던 수련에게 그는 정신적인 지주였을지도 모를 일이다.

권수련과의 사랑이 담긴 시로 전해지는 김춘수가 쓴 「수련별곡」 은 그녀와의 고왔던 사랑을 이야기하는 것인가.

　　　바람이 분다
　　　그대는 또 가야 하리
　　　그대를 데리고 가는 바람은
　　　어느땐가 다시 한 번
　　　낙화(落花)하는 그대를 내 곁에 데리고 오리

그대 이승에서
꼭 한 번 죽어야한다면
죽음이 그대 눈시울을
검은 손바닥으로 꼭 한 번
남김없이 덮어야 한다면
살아서 그대 이고 받든
가도 가도 끝이 없던 그대 이승의 하늘,
그 떫디떫던 눈웃음을 누가 가지리오

목이 마르지 않으려 물가에 자리한 수련. 그러나 물에 젖지 않
으려는 몸놀림. 수련은 꽃수술의 무게를 이기기 위해 끝없이 바람
에 흔들린다. 그래도 살아내기 위해 물가를 떠나지 못하고 작은
바람에도 멀미를 해대는 수련. 그 수련은 1970년대 20대의 팔등
신 미인 수련과 닮은 이미지라는 생각은 나의 허튼 혜염일까.

물에 젖지 않고 바람에 눕지 않아야하는 백가지 이유는 알아도
누울 수 있는 한 가지 이유를 몰라 흔들리며 물 위에 서 있어야
한다는 수련은 이 밤 내내 잠을 자지 않고 내 주변을 서성인다.

정지용은 세르팡에서 무엇을 생각하였던 것일까?

위엄과 마음을 정제한 제관 일행이 엄숙한 행렬을 지어 논개 사당으로 걷는다. 기타 수백의 후배 기생들은 촉석루 누각 위에 질서 정연히 임립한다.

—「진주 4」 중

어느 포로의 손목시계

만고의 의인 논개를 기리기 위해 매년 5월 30일 논개사당에서 제를 지낸다. 한 번도 궐제한 적 없이 노기가 주제관이 되어 식을 거행한다고 하였다. 정지용은 촉석누각 위에 삼현육각이 잡히고 민속가무가 진행된다고 하였다. 삼현육각을 맡은 남자 악공들이 기악반주를 할 때 장막으로 가리고 안에서 숨어서 악음을 내보낸다고 하였다. 그 이유는 모르겠으나 우리나라 국악 국무는 실상 광대와 기생이 비절한 역사적 환경에서 이어온 것인데 장막 뒤에 숨는 이유를 모르겠다고 서술한다.

진주 이야기만 나오면 아버지의 뒷모습이 그려진다.

아흔 중반의 아버지는 누워계셨다. 자꾸만 흐려지는 이승을 붙잡고자 눈꺼풀을 들썩였다. 고명딸이 찾아준 것만으로도 고마워 손을 잡았지만 아무 말씀도 없으셨다. 침묵은 고요로움을 안고 휘돌았다. 천성적으로 고요함에 적응을 못하는 나는 아버지께 옛날이야기를 해달라고 조른다.

아버지는 기운이 없으신가보다. 그래도 딸의 보챔에는 당해낼 재간도 딱히 없으셨다. 아버지는 늘 그러셨다. 나에게 당해낼 묘안을 잘 찾지 못하시고 내가 원하는 것을 거의 다 들어주고 말았던 것이다. 나도 또한 매양 한가지로 원하는 것이 생각나면 그 자리에서 얻는 것에 대한 확답을 들어야만 직성이 풀렸다. 그러니 아버지는 애기를 늘어놓지 않을 수가 없었다.

아버지는 한숨을 크게 내쉬었다. 그리고 일본에 징집 갔던 이야기를 도란도란 쏟아놓으셨다. 어머니와 혼인한 지 얼마 되지 않아 일본에 징집되어 갔단다.

양말, 내의 등을 만드는 공장이었단다.

노동자들의 고뇌는 깊었다. 일제강점기에 그들의 치하에서 겪었던 속쓰라린 이야기들을 아버지는 늘어 놓았다. 게으름을 피운다는 이유로 그들의 몽둥이에 쓰러진 동료, 그를 보고 피가 끓어오르던 한국인 노동자들이 집단 항의를 하다 밥을 굶어야 했던 이야기를 하며 가만가만 옛날을 되짚어 보듯이 손가락을 꼼지락거린다.

밀감 나무가 느티나무만 했다는 이야기와 그 나무를 흔들어 밀감을 따서 주린 배를 채웠다는 이야기도 이어졌다. 그리고 친구와 같은 고향에서 징집을 같이 당해 갔는데 어느 날 시체로 나뒹굴 때의 참담한 심정도 주먹에 힘을 불끈 들이며 말하였다. 여전히 한숨을 내쉬며 아버지의 이야기는 계속 되었다.

해방이 되면 고향에 가서 잘 살겠다는 희망을 버리지 않고 급여를 꼬박꼬박 모았단다. 이렇게 희망을 버리지 않았던 날들이 지속되었다.

아버지가 일하는 양말 공장 옆에는 미군 포로수용소가 있었단다. 그런데 미군포로에 대한 대접은 한국 징집 노무자보다 형편없었단다. 아버지는 일본인의 눈을 피해 미군포로를 도왔다. 밥을 몰래 남겨 그에게 가져다주고 먹을 것이 좀 생기면 날라다 주었단다.

그러면서 아버지와 미군포로는 친하게 되었단다. 미군포로는 아버지께 해방이 되면 미국으로 가자고 했다. 해방이 된 한국은 여전히 살기 힘들 것이라고 예상하였던 것 같다. 그러나 아버지는 "No"라 답했다. 아무리 힘들어도 고향에 가야하겠다는 일념 하나로 그 고통을 다 감수하였는데 가족을 버리고 홀로 잘 살겠다고 가고 싶지는 않았다. 아니 가족을 그리워하며 살아가는 고통이 현실의 안위가 주는 고통보다 더 크다는 것을 이미 알고 계셨으리라.

어느 날 밥을 가지고 미군 포로를 찾았다. 그는 아버지께 "이제 고생 다 했다. 내일이면 끝이다. 이젠 미국으로 가자."고 연신 아버지를 설득했단다. 아버지의 대답은 역시 "No"였다. 그러니 미군 장교였던 포로는 차고 있던 손목시계를 아버지께 풀어 주며 징표를 삼아달라고 하였단다. 그러나 그 시계를 차마 받을 수 없어서 돌아선 다음날 해방이 되었단다.

해방이 되니 그동안 한이 맺혔던 한국노동자들이 일본인을 잡히는 대로 때리고 얼렀단다. 일본인들은 어디로 숨었는지 알 수 없고 그들을 찾는 한국인들만이 해방의 기쁨을 일본 땅을 휘저으며 맛보았단다. 그리고 그동안 노동으로 모아둔 돈을 다 한꺼번에 거두었단다. 배를 사서 한국에 오고자 함이었다. 일본인 선장을 한 명 섭외해서 무사히 우리를 한국땅에 데려다 준다면 이 배는 가지고 일본으로 다시 돌아가거라. 그리고 그 배도 당신 가져라. 이러한 조건을 받아들인 일본인이 한국인 노동자들을 싣고 한국으로 왔다고 한다. 그런데 부산항이 보였는데도 이틀을 항구에 정박하지 않고 계속 바다를 항해만 하더란다. 그 당시 일본인은 한국인 눈에 띄면 사망이란 것을 익히 알고 있는 지라 선장이 꼬리를 내렸던 것이리라.

그리고 사흘째 되는 날 갑자기 이제 다 내리라 해서 내려보니 진주났다는 것이다. 그리고는 그 선장은 "똥 빠지게 도망갔다."고 말한다. 아버지는 그곳이 어디든지 상관없더라고 하였다. 한글이 적혀 있는 것으로 보아 한국임에 틀림없으니 여간 좋지 않더란다. 그래서 또 이레를 걸어서 집에 도착했단다.

아버지는 돌아가실 날을 며칠 남겨두지 않았지만 일본인을 혼내주는 장면에서 신이 나셨고, 모아둔 돈으로 일본인 선장을 사서 집으로 돌아가자고 이야기할 때도 미소를 지었다. 그러나 그 미군 장교였던 포로는 어찌 살고 있는지 궁금해 하는 기색이 역력하였다. 그리고 고마움의 표시로 손목시계를 풀던 인정 있던 미군 포로를 그리워하였다.

그리고 얼마 뒤 아버지는 그리워하던 미군 포로도 영영 못 만나고 그냥 그리움만 간직한 채 한 점 구름으로 남았다.

진주 촉석루에 찬바람이 분다.

아버지가 해방이 된 후 일본 선장을 앞세워 배에서 내렸다는 곳은 어디쯤일까? 가만히 눈으로 가늠해 본다. 바람을 몰고 온 구름이 말없이 지나간다. 하늘은 빈 원고지처럼 휑하다.

정지용의 북아현동집(1937~1943)

평양기생들은 빈손으로 타향에 나가서 집을 장만하고 살림을 장만하건만, 진주기생은 트렁크에 돈을 가득히 담고 나간다 할지라도 나중엔 빈손으로 고향 찾아온다고 하는 말이 있다.

−「진주 5」중

월이와 일향의 사랑이야기

 정지용은 1950년 6월 28일 『국도신문』에 「진주 5」를 마지막 기행문으로 발표하게 된다. 그는 6·25한국전쟁 당시 녹번리 초당에서 설정식 등과 함께 정치보위부에 나가 자수형식을 밟다가 행방이 묘연해졌다. 그의 장남 구관에 의하면 정지용은 그해 7월 그믐께 집을 나가 소식이 없다고 하였다.

 경부선을 타면 옥천과 영동을 지나게 된다. 정지용도 그 당시 이 길을 지났을 것이다. 기찻길에서 바라다 보이는 곳에 일향산과 월이산은 자리하고 있다. 그도 이 산들을 바라보며 일향과 월이를 생각하였을 법하다.

 기차는 정지용이 지났던 길을 하염없이 기적도 울리지 않고 지난다. 햇볕이 눈에 따갑도록 시리다. 그리고 한 줌 흙이 기절할듯 이별로 아프게 다가온다. 그 이별들 속에서 나는 한 원로 향토사학자께 들은 월이와 일향이의 슬픈 사랑이야기를 뇌리에 상정한다. 그것이 산과 들에 산재해 있는 가벼운 입김 같아도 돌아갈 기약 없는 전설로 남겨진 월이와 일향이의 애절한 사랑이야기. 그 이야기는 두고두고 내 의식을 타고 흘러 멈추지 않는 존재로 남는다.

 그들의 끝나지 않을듯한 숨가쁜 사랑과 외로운 사랑이 깜깜한

밤 숲길로 이어진다. 풀벌레 소리만 어찌 들려오겠는가? 귀뚜라미도 그 가을 내내 한밤내 울었을 것을. 그리하여 표현할 길 없던 사랑의 언어들이 하나 둘 심장이 멎을 때까지 크게 울었을 것을.

기댈 벽이 없어 하늘에 뿌리를 내린 채 산이 된 월이와 일향이. 이들의 슬픈 사랑이야기를 되짚어 본다.

눈물이 난다.

옛날 옛날에 월이라는 아이가 살고 있었다. 월이는 어려서 부모님을 잃고 고아가 됐다. 월이는 어려서부터 힘이 장사였다. 보통사람들은 들기도 힘든 바위를 가지고 놀았다. 월이는 그 큰 바위 다섯 개를 가지고 다섯 공기놀이를 하며 혼자서 놀았다. 동네 사람들은 월이를 멀리 하였다. 자신의 아이들에게도 월이와 놀지 말라 일렀다. 왜냐하면 월이가 힘도 세고 고아이기 때문에 자신들을 언젠가는 해칠 거라고 생각했기 때문이었다.

그러던 어느 날 일향이라는 처녀가 개울가로 빨래를 하러 갔다. 일향이는 개울가에서 바위 다섯 개를 가지고 공기놀이를 하는 월이를 보았다. 큰 바위를 마치 조약돌 다루듯 하는 월이를 보며 신기해 했다. 월이의 넓은 어깨와 큰 키, 우람한 손, 우수에 잠겨있는 큰 눈. 일향이는 그런 월이의 모습에 이끌려 월이의 곁으로 다가가게 된다.

월이는 예쁜 일향이가 다가가자 깜짝 놀랐다. 아무도 월이 곁에 오기는커녕 친구들도 월이와 놀아주지도 않았기 때문이었다. 월이는 눈을 비벼 보았다. 아름다운 일향이가 눈앞에 있었다. 월이는 어쩔 줄 몰라 쩔쩔 맸다. 그런 월이의 모습을 보면서 일향은 조용히 미소를 보냈다.

그 후로 일향과 월이는 자주 만나 사랑을 속삭였다. 월이와 일향의 사랑은 점점 깊어만 갔다. 일향과 월이의 사랑이 야기가 온 마을에 퍼졌다. 마침내 일향의 부모님께서도 이 사실을 알게 됐다. 일향의 부모님은 기겁을 했다. 집안을 망칠 일 이라며 일향에게 바깥출입을 금했다. 바깥출입을 못 하는 일향은 눈물과 한숨으로 세월을 낚고 있었다. 눈물과 한숨을 견디다 못한 일향은 죽기로 결심을 했다. 어느 날 집을 몰래 나온 일향은 뒷산 소나무에 목을 매고 말았다.

한편 일향의 죽음을 전해들은 월이는 앞이 캄캄하였다. 하늘이 무너지고 땅이 꺼지는 고통이었다. 그 후 월이는 일향이가 죽은 소나무 아래 매일 앉아 있었다. 일향이랑 놀던 시냇가만 멍하니 바라보며 시름시름 앓기 시작했다. 세월이 가고 천하장사이던 월이는 피골이 상접하여 초췌하기 이를 데 없었다. 폐인이 되어 지내던 월이도 일향의 뒤를 따라 끝내 저 세상으로 가고 말았다.

이 두 사람이 묻힌 자리가 솟아올라 일향 처녀가 묻힌 산은 일향이처럼 아름답고 야트막한 이 마을 앞산인 일향 산이 됐다. 그리고 월이가 묻힌 자리는 우람한 월이 장사처럼 솟아올라 마을 뒷산인 웅장한 월이산이 되었다고 한다.

그들의 사랑이야기를 큰 노래로 부르고 싶어진다. 모레바람이 한 차례 지나간다.

내 귀는 언제부턴가 바람을 안고 살았다. 지구가 돌아가는 소리가 울음을 그친다. 별로 신통할 것도 없는 내 귀는 월이와 일향이처럼 사랑의 깊은 상처를 껴안고 쓰다듬는다. 사랑한다고. 사랑하였다고. 그래서 산으로 우뚝 솟았다고.

이제는 전설로 존재하는 이들의 사랑이야기를 커서를 움직여 또 박또박 박아 놓는다. 언젠가 또 누군가 이 이야기를 나누는 이들을 위한 사랑을 그려본다. 내가 정지용을 사랑하였듯이. 나의 정지용 여정 따라간 기행문이 막을 내린다. 둔탁하게 두드려지는 자판 사이로 따스하고 영원한 사랑이야기가 이곳 옥천에 정지용처럼 오롯이 남겨지기를 바라며.

정지용 생가 복원 전

정지용 생가 복원 전(다리 우측)

V.

정지용,
인연이 있는 풍경

어느 무명 시인의 얄궂은 삶

겨울은 가산사 언저리에도 바짝 다가왔다.

지난해 여름 어깨 통증으로 수술을 하였다. 그러나 그 통증은 그칠 줄을 모른다.

통증을 안고 가산사를 찾았다. 의병과 승병에 대하여 가산사에 취재를 다녀온 적이 있었던 나는 주지 스님과 인사를 나눴다.

고향이 남쪽이라는 이야기, 정지용과의 인연과 함께 신석정 이야기로 옮겨갔다. 1930년대 신석정은 정지용, 김영랑, 박용철, 김현구, 이하윤, 변영로 등과 함께 순수서정시의 지향과 옹호라는 성격의 '시문학'동인으로 활동하였다.

스님은 신석정 이야기가 나오자 '일모'라는 친구이야기를 가만가만 들려준다.

시집 한 권 남기지 않고 가버린 친구. 그러나 '다석'이 해석한 반야심경을 여덟 폭 병풍에 간조로니 남기고 떠나버린 매정한 친구.

일모는 전북 장수군 출생이다. 그는 수재적 기질이 있어 전주 북중학교에 입학하였다. 그러나 대부분 북중학교 출신들이 가는 전주고등학교로의 진학을 포기하였다. 그리고 전주상업고등학교에 진학하였다.

일모의 선택은 신석정 선생님에 대한 추앙이었다.

당시 신석정은 전북대학교에서 시론을 강의하며 전주상업고등학교에 특강을 나갔다. 신석정을 만나기 위한 일모의 선택은 그를 더 가까이에서 모실 수 있는 기회를 얻게 된다.

일모는 상업고등학교에 특강을 나오신 신석정 선생님을 찾아갔다. 그리고 사정 이야기를 하였다. 고향이 장수인지라 전주에서 기거할 곳도 마땅치 않음도 소상히 말씀드렸다.

"너, 오늘부터 광문이 방에 와서 있거라."

신석정 선생님은 자신의 아들과 같이 일모를 머물게 하였다.

이후로 일모는 신석정 선생님의 먹을 갈기 시작하였다. 그리고 어깨 너머로 붓질을 익혔다. 그리고 생을 마감하기 직전 반야심경을 적어 스님께 전하였다. 그는 이 세상 하직 인사를 병풍에 걸어두고 가버렸다.

병풍을 보여주는 스님은 글씨가 살아있다고 한다. 마치 일모가 살아있듯이.

일모는 서울의 한 대학 백일장에서 장원을 하였다. 그래서 입학 허가증을 사실상 받게 되었다. 그런데 면접 시험일에 맞춰 폭설이 내렸다. 무주·진안·장수는 고원지대로 폭설이 한 번 쏟아지면 그야말로 무진장하였다. 그래서 며칠씩 교통이 마비되어 꼼짝하지 못하던 시절이었다. 그때는 그랬다.

일모도 그해 면접을 보러가지 못하고 낙방의 고배를 마셨다. 후에 눈이 내려 면접을 못 보았노라고 학교 측에 사정 이야기를 하였다. 그러나 받아들여지지 않았다.

1년 후 일모는 백일장에 다시 나가 또 장원을 하게 되어 그 대학에 입학할 수 있었다.

그러나 그의 삶은 녹록치 않았다. 사회 안으로 던져졌을 때의 불편함인지 사회와 불협화음을 내며 사회 밖으로 향하기 시작하였다. 산으로 들로 바다로, 발길 가는대로 자유롭게 다녔다.

그리고 더 편안한 하늘로 이내 가버렸다. 시집 한 권도 묶어내지 못 한 채 가버렸다. 영원히.

아버지를 그리워하던 일모의 딸은 아버지와 같은 대학에 입학하였다.

그 딸은 스님에게 아버지와 같은 대학에 입학하는 이유를 밝혔다. 그것은 그 대학에 가서 아버지에 대한 논문을 쓰겠다는 당찬 마음에서 출발하였다. 그런데 그는 정작 아버지를 연구하지 못하였다. 그는 아버지가 아닌 아버지의 친구를 연구하였다. 그래서 아버지의 친구인 다른 시인을 연구하여 박사학위를 취득하였다. 아버지를 연구하여 박사학위를 받겠다는 결심이 물거품이 되었다.

스님은 애초 약속과 다른 이유를 일모의 딸에게 물었다.

대답은 간단하였다.

"아버지는 시집을 남겨놓지 않았어요."

시집을 남기지 않은 시인의 작품을 연구할 수 없었던 일모 시인의 딸.

아무리 작품이 좋을지라도 일정한 형식과 모양을 갖춰야 비로소 빛을 내게 된다. 형식이 없는 자유는 부자유에 묶여 사라지고 마는 것을. 그렇지 않으면 일모처럼 '유명한 무명 시인'으로 잊혀지게 된다는 것을.

얄궂은 삶을 살다간 일모라는 시인.

딸이 쓰고자 하였던 논문을 허공에 흩어지게 한 시인.

잊고 있던 어깨 통증이 다시 찾아왔다. 반갑지가 않다.

우리는 떨쳐버리려 하여도 지구의 중력처럼 지표부근의 이야기들을 지구의 중심방향으로 끌어당기며 살아간다. 이렇게 얄궂은 인연으로 오늘을 살고 있다.

1934년 김기림(좌), 신석정(우)

쟁반만 들어도 행복했다

예나 지금이나 글쟁이는 가난을 면키 어려운 것인가 보다.

할머니는 옛날이야기를 들려 달라고 보채는 어린 나에게 항상 말씀하셨다. 이야기를 좋아하면 가난하게 산다고. 나는 할머니의 이 말씀을 반세기가 지나도록 기억해내고 있다.

몇 해 전의 일이다.

어느 시인의 출판기념회에 갔다. 여느 출판기념회와 마찬가지로 작가의 말과 축하의 말이 오갔다. 그리고 적당한 다과가 진행되었다. 시를 읽거나 낭송하기도 하였다.

그 시인의 가족은 할아버지와 큰아버지, 형님 등이 유명한 소설가요, 시인이요, 수필가로 활동하셨거나 현재도 활동하고 있다. 아마 문인의 혈류가 모세혈관과 폐동맥 곳곳으로 이어져 내려오고 있는 모양이다.

할아버지 포석은 「낙동강」을 쓴 유명한 소설가이다.

큰아버지 벽암은 시인이며 소설가로 활동하며 건설출판사를 운영하였다. 1946년 『정지용 시집』이 건설출판사에서 재판되는 인연을 지니고 있다.

이 당시 정지용을 포함한 문인들이 건설출판사에 많이 모였다고 한다. 문인들끼리의 세상사는 이야기와 국밥 한 그릇 시켜 먹으며 서로의 정서를 교감하였다. 어려운 시절 그나마 출판사 사정이 문인들의 가벼운 주머니 사정보다는 훨씬 나았다. 그래서 이곳은 그들이 모이기에 더없이 좋은 곳이었다.

이때 미당은 중견문인들보다 한참 연배가 아래였다.

조 시인은 도청 대회의실에 초청 문학 강연차 오신 미당을 만났다. 이날 출판기념회를 연 벽암의 조카는 미당이 큰절을 올린 사연을 작품에서 이렇게 들려준다.

(전략)술맛 도는 시간에 마련된 저녁상 머리 지역 문화예술계 대표들이 풍류시인의 입맛에 맞도록 정갈한 음식과 술시중들 아가씨들을 잘 교육해 들여 달라고 눈치 백단의 주인 마담에게 신신당부했는데 정작 술상이 들어오자 유명 시인 앞에서 혹여 실수할까 모시는 사람들 모두 조금은 긴장한 빛이 돌았다. 품위 있어 줘야할 주인 마담이 돌연 선생님이 얼마나 유명한 시인인데 술판 분위기가 이러냐고 다짜고짜 질러대니 미당 선생은 겸연쩍어서 유명은 무슨… 시시한 사람이 쓰는 게 시닝께… 술집에선 술 잘 먹어야 유명 시인 되는 게지…라 응수하며 분위기를 잡았겄다. 그제부터 빠르게 술잔들이 오가고 금세 주기가 올랐는데 저편에 앉았던 아가씨가 저 선생님 시 한 편 낭송할까요라 청하고는 국화 옆에서를 한 자도 틀리지 않고 낭송하는 게 아닌가 모두가 숨죽여 듣고 있다가 끝 구절이 이상 없이 마무리되자 일제히 박수가 터졌는데 갑자기 미당 선생이 벌떡 일어나 시를 낭송한 20대 아가씨 앞에 서시더니 삼가 절 받으십시오 라며 큰절을 올리는 게 아닌가 이 아름다운 사건으로 이날 밤

12시가 훨씬 넘게 술판이 이어지고 선생은 선돈 주고 예약된 관광호텔을 마다하시고 주인이 급히 마련한 내실에서 주무시기로 했는데 이튿날 새벽 해장국 대접하려고 모시러 갔더니 언제 나가셨는지 문 열어 보니 빈자리더라며 주인마담 연신 하품이다. 얼마 후 사무실에 돌아와 댁으로 전화를 거니 어제 술 여러 가지로 맛있었다고 선인사를 하시기에 아침 요기라도 하고 가실 일이지 꼭두새벽에 올라가시면 초청한 저희는 어떻게 합니까라 볼먹은 소리를 하자 이 사람아 나그네란 떠나는 뒷모습을 보이는 게 아니네라 말마감을 하셨다.(하략)

－「시인의 절」중

그때 기라성 같은 선배 문인들 앞에서 국밥 나르는 쟁반만 들고 다녀도 행복하였다던 미당.

벽암의 조카를 만난 미당은 그렇게 건설출판사 시절을 떠올리며 당시를 그렸다고 한다. 당시 그의 마음은 다시 돌아갈 수 없는 시절에 대한 그리움과 회한 그리고 안타까움은 아니었을까?

오장환은 일제의 압력이 심해지자 변절 대신 절필을 택하였다. 그리고 미당과 평생 다시 만날 수 없었다. 아니 만나지 않았다고 한다.

1980년대 어느 문인 모임에서 미당은 고은에게 "왜 안 오는가? 꼭 와. 오란 말이여."라고 아쉬움을 나타냈다. 그때 고은은 "선생님 세상 떠나시면 오겠습니다."라고 매몰차게 돌아섰다. 그 후 이들은 미당이 죽을 때까지 이승에서 영원히 서로 만나지 않았다.

미당의 시는 한국문학계에서 비슷한 시를 찾기 어려울 정도로 큰 감명을 준다고 평한다. 그러나 그는 친일이라는 과오와 월남파병 촉구 시 발표, 친군부적 색채를 띠고, 1986년 전 대통령의 생일에 축시를 써서 받치기도 한다.

그로인해 많은 사람들이 고통을 받았다. 그러나 그는 이 세상 하직하는 그날까지 자신의 과오를 인정, 고백하지 않았다. 그래서 시인에 대한 존중과 작품성에까지 악영향을 끼쳤다. 그리고 그의 얼룩진 과오도 치유되지 못하였다. 그는 민족에게 준 생채기가 참 깊다는 오명만 남겼다. 그 오명은 주름살처럼 세월이 갈수록 깊어졌다. 급기야 그에게 기회주의자라는 족쇄마저 채워졌다.

평생 서로 만나지 않거나, 만날 수 없거나, 만나지지 않는 것은 매한가지다. 안타깝다. 겨울바람이 한 차례 세차게 불며 지난다.

가버린 사람

용아 박용철은 정지용의 산문에 자주 등장한다.

정지용과 금강산 기행을 다녀온 용아는 1938년 5월 12일 후두결핵으로 그의 곁을 떠난다.

「날은 풀리며 벗은 앓으며」에서 정지용은 힘없는 목소리로 걸려온 용아의 전화를 받는다. 용아는 세브란스 병원에서 병이 심상치 않다는 진단을 받고 정지용에게 전화를 걸었다. 그러나 그는 퇴근하고 바로 간다고 약속하고 다음날 저녁에야 용아 집을 방문한다.

정지용은 R여사가 은주전자에 따끈히 데워온 술을 은잔에 다섯 잔쯤 마셨다. 그리고 전유어를 안주 삼으며 용아가 중환자임을 잊는다. 그는 금강산에 다녀온 이야기와 만물상, 옥류동에 오른 이야기를 한다. 용아는 지용을 '실없지는 않은 떠벌이'로 여기는 터였다. 그래서 정지용이 개골산에서 눈을 밟고 시(詩)를 읊어온 이야기를 풍을 쳐가며 낭음해 들려주니 마치 용아 자신이 한 것인 것 마냥 즐거워한다.

대문까지 나와 퇴근길에 자주 들르라며 배웅을 하는 용아의 목소리는 예전과 달리 힘이 없었다. 정지용은 해동 무렵은 넘겼으면 좋겠다는 생각을 한다. 이 일이 있은 후 두 달도 안 돼 용아는 떠났다.

용아는 몸이 애초 약하였던 것 같다. 정지용의 「내금강소묘1·2」에도 용아가 기행 중에도 병치레로 고생을 한다. 입술이 노래지고 이마에 땀이 나서 용아는 정양사를 오르는 도중에 내려와 여관에서 누워있고 정지용 혼자 오른다. 중향여관에서 꽁꽁 앓는 용아에게 묽은 죽을 먹였다. 먹기 싫다는 용아에게 억지로 죽을 먹이니 눈물을 글썽이며 먹는다. 여행하며 아파하였던 용아를 생각하니 마음이 절로 슬프다.

금강산 기행 후 정지용은 「비로봉」, 「구성동」, 「옥류동」을 쓴다.

그런데 정지용이 가장 아꼈던 「옥류동」을 용아가 잃어버렸다. 『청색지』 창간호에 멋있게 장식하고자 하였던 「옥류동」 원본은 그렇게 분실되고 말았다.

그때의 심정을 정지용은 "『청색지』 첫 호에 뼈를 갈아서라도 채워 넣어야할 것을 느끼며 이만." 이라고 「수수어 3-2」(『조선일보』, 1937. 6. 9.)에서 서술한다. 그는 그만큼 작품에 대한 애착과 책임감이 깊었던 것으로 보인다.

그 후 정지용은 뼈를 깎는 고통으로 채워 넣었는지 「옥류동」(『조광』25호, 1937.11.)을 발표한다. 「옥류동」을 당시 표기대로 실어본다.

골에 하늘이
따로 트이고

瀑布 소리 하잔히
봄우뢰 울다.

날가지 겹겹히
모란꽃닢 포기이는 듯

자위 돌아 사푹 질스듯
위태로히 솟은 봉오리들

골이 속 속 접히어 들어
이내(晴嵐)가 새포롬 서그러거리는 숫도림.

꽃가루 무친양 날러올라
나래 떠는 해.

보라빛 해ㅅ살이
幅지어 빗겨 걸치이매

기슭에 藥草들의
소란한 呼吸!

들새도 날러들지 않고
神秘가 힌끝 제자슨 한낮.

물도 젖어지지 않어
힌돌 우에 따로 구르고

닥어 스미는 향긔에
길초마다 옷깃이 매워라.

귀또리도
홈식 한양

뭉짓
아늬 긴다.

용아는 갔다.

다행히 「옥류동」은 그가 떠나기 전에 정지용이 완성하였다.

용아는 정지용과 함께 시문학 동인으로 활동하며 「떠나가는 배」, 「비 내리는 밤」, 「싸늘한 이마」 등을 발표한다.

1930년 『시문학』에 발표하였던 「떠나가는 배」를 적어본다.

일제강점기 발 디딜 곳조차 없는 현실에 대한 절망을 노래한 용아는 눈물로 가득한 절망에서 벗어나기 위한 몸부림으로 시를 노래하였을 것이다.

우리도 그들처럼 그때의 그 긴 강을 건너는 상상을 하면서 읽어보길 바란다.

나 두 야 간다.
나의 이 젊은 나이를
눈물로야 보낼 거냐.
나 두 야 가련다.

아늑한 이 항군들 손쉽게야 버릴 거냐.
안개같이 물 어린 눈에도 비치나니
골짜기마다 눈에 익은 묏부리 모양
주름살도 눈에 익은 아아 사랑하는 사람들.

버리고 가는 이도 못 잊는 마음
쫓겨 가는 마음인들 무어 다를 거냐.
돌아다 보는 구름에는 바람이 해살짓는다.
앞 대일 언덕인들 마련이나 있을 거냐.

나 두 야 가련다.
나의 이 젊은 나이를
눈물로야 보낼 거냐.
나 두 야 간다.

　『청색지』 발간을 꿈꾸며 금강산 기행을 떠났던 정지용과 용아. 용아가 잃어버렸다던 「옥류동」은 정지용이 말쑥하게 기억을 더듬어 손질하였다. 금강산의 신비경과 동양적 정서를 시공간적으로 확장·묘사하여 세상 밖으로 내밀었다. 이렇게 다듬은 「옥류동」을 병석에 누워있는 용아에게까지 가서 낭음해 주었다.

　「옥류동」처럼 아끼고 애석한 것들, 모두를 버리고 가버린 사람들. 그들도 아직 채 못 잊었을 문학세계의 발끝을 쫓아 차가운 달빛 아래 가만히 서본다.

구두에 감춘 선언문

영랑은 박용철을 정지용에게 소개해준다.

정지용의 휘문고보 1년 선배인 영랑은 1919년 3·1운동 당시 구두 속에 선언문을 감추고 강진으로 내려간다. 그는 거사 직전 선언문이 발각되어 6개월의 감옥생활을 하게 된다.

영랑의 아버지는 꽤나 영랑과 불협화음이 심하였었나 보다. 서울로 학교를 갈 때도 아버지가 허락하지 않았다. 그래서 그의 어머니께서 몰래 영랑의 학비를 마련하여 줬다는 이야기를 들었다. 공부를 하러 떠나는 영랑의 마음이 얼마나 울렁거리고 가슴 아팠을까?

아버지도 아버지의 입장이 있겠지만 자식을 이해하고 존중하여야 할 때가 있다. 적어도 사회에 해를 끼치지 않는 일을 하겠다는 의지가 확고할 때, 또 그 길을 가며 노력하는 모습을 보일 때면 아버지는 아버지라는 이름을 앞세워 자식을 따라야 할 것이다. 그리고 든든한 후원자가 되어 자식을 응원할 일이다. 그래야 비로소 아버지이다. 진정한 아버지는 자식의 길을 말없이 바라보며 묵묵히 따라가는 아버지이다.

예술의 길은 아니 예술의 갈래는 모두 하나로 통합되는 것이다. 소리 예술인 음악이나 빛의 예술인 미술이나 문자 예술인 문학이나 모두 그 끝은 예술이라는 같은 열매를 맺는 것이리라. 왜냐하면 글을 잘 쓰는 사람은 노래를 잘 하거나 그림을 잘 그리기도 하고 붓글씨를 멋지게 써놓기도 한다.

음악을 좋아하였던 영랑은 우연히 용아를 만나 시인의 길을 걸었다. 그리고 휘문고보에서 정지용, 이태준, 홍사용, 박종화 등을 만난 것도 영랑이 시인의 길을 걸어가게 하는 계기가 되었을 것이라는 생각이다.

영랑은 용아가 떠나고 보름쯤 지난 후 정지용에게 편지를 쓴다. 용아의 유고시집과 시비에 관한 이야기와 한라산 등반을 정지용과 함께 가자는 내용을 담고 있었다.

영랑과 정지용은 용아 박용철 전집에 대한 논의를 구체화시켜 『박용철전집』 제1권 시집(1939. 5.), 『박용철전집』 제2권(1940. 5.)을 발간하게 된다.

용아는 죽어서야 자신의 작품집을 갖게 되었다. 그러나 용아는 자신의 작품집보다 먼저 『정지용시집』과 『영랑시집』을 1935년에 시문학사에서 발간하여준다. 이는 용아가 영랑과 정지용의 시적 자질을 일찍 간파하고 있었기 때문이었거나 동료 문인을 배려하거나 존경하는 마음이 깊었기 때문이었을 것이다.

그러나 영랑의 작품은 일제강점기의 굴레를 벗어날 수 없었다.

　　　　내 가슴 속에 가늘한 내음
　　　　애끈히 떠도는 내음
　　　　저녁해 고용히 지는 제
　　　　먼 산허리에서 슬리는 보랏빛

　　　　오! 그 수심 뜬 보랏빛
　　　　내가 잃은 마음의 그림자

한 이틀 정열에 뚝뚝 떨어진 모란의
깃든 향취가 이 가슴 놓고 갔을 줄이야

얼결에 여읜 봄 흐르는 마음
헛되이 찾으려 허덕이는 날
뺄 위에 철석 갯물이 놓이듯
얼컥 이는 훗근한 내음
아! 훗근한 내음 내키다마는 서어한 가슴에 그늘이 도나니
수심뜨고 애끈하고 고요하기
산허리에 슬리는 저녁 보랏빛

『시문학』(1930.5)에 실었던 영랑의 「가늘한 내음」이다.

이 시의 화자는 헛된 것을 찾으려 허덕이고 있다. 모란에 깃든 향취가 가슴에 놓여 있다. 그러나 대상은 이미 떠나고 없다. 허망하다. 이렇게 헛된 것에 대한 서어한 가슴의 그늘은 막연한 슬픔과 한, 상실과 좌절의 어두운 그림자가 된다. 이는 영랑이 지녔던 일제 식민지 지배의 억압성의 표출로 짐작된다.

어쩌면 영랑과 한때 문단에 염문을 뿌렸던 사람. 해방 후 월북한 당대 최고의 무용가 최승희. 그에 대한 영랑의 비애와 방황을 간접적으로 드러낸 것과도 무관해 보이지는 않는다.

우리 언어를 어루만져 각종 이념에 혹사당하지 않도록 자리를 잡아준 사람. 시는 시 자체로 빛을 발하도록 예술의 자리를 굳건히 자리잡아준 시문학파를 형성하였던 사람 영랑.

그의 구두에 감춰두었던 3·1운동 선언문이 그의 문학사적 업적보다 더 빛을 발하며 내 뇌리 속에 머문다. 동지 바람이 불고 겨울비가 내린다. 가슴 한 칸이 훈훈해진다. 겨울비가 하루 종일 내려도 좋은 날이다.

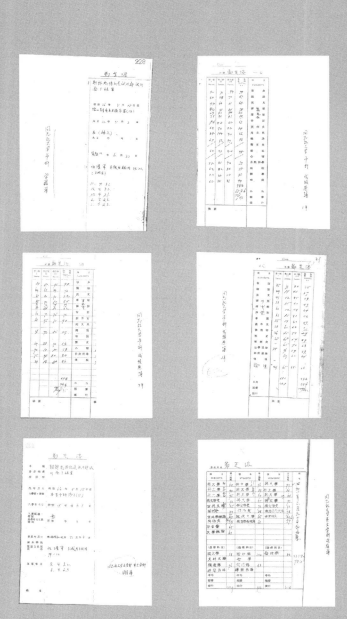

동지사대학 정지용 학적부

흔들리지 않는 뿌리

연변지용제를 스무 번, 정지용국제연변백일장을 다섯 번 하였다.
정지용 문학의 위상정립, 한국어의 정체성 확립은 차치하고라도
정지용과 윤동주의 인연이 이 행사를 지속하게 된 이유일 것이다.

정지용과 윤동주의 만남은 우연이 아닌 운명이라 해야 마땅하다.
정지용은 1902년 5월 15일 충북 옥천에서, 윤동주는 1917년 12
월 30일 만주국 간도성 화룡현 명동촌에서 태어난다. 그러나 이들
은 생을 마감할 때까지 끊임없이 문학의 세계에서 마주친다.

윤동주는 1935년 10월에 발간한 『정지용 시집』을 1936년 3월 평
양에서 구입해 정독한다. 그는 이 시집 곳곳에 자신의 생각들을 정
리하며 문학수업에 정진한다.

당시 윤동주가 『정지용 시집』에 실린 「카페프란스」 2연 2행의 '보
헤미안에 줄을 긋고 붉은 색연필로 '호방(豪放)!'이라고 적어 놓았
다. '호방하다'란 '거리낌이 없고 기개가 있다'라는 뜻이다. 이는 정지
용이 지금까지의 다른 시인들과 차별화된 시어선택이나 쾌통(快通:
상쾌하고 즐겁게 통하다. 사전에 등재되어 있지 않아 따로 주를 단
다.)한 의미를 독자인 윤동주에게 선물하였던 것은 아닐까?

또 3연 2행의 '페이브먼트'에도 줄을 긋고 '포(鋪)', 'pavement', '포
도(鋪道)'라고 쓴다. 이는 포장도로를 의미한다. 이로보아 윤동주는

정지용의 시어 하나도 허투루 보지 않았음을 알 수 있다. 윤동주는 정지용의 작품을 통하여 문학수업을 스스로 하고 있었다.

이에 대하여 이승원 교수는 윤동주 습작기 작품에 정지용 시의 영향이 남아 있다. 이것은 정지용의 시가 시인이 되고 싶었던 청년 문사에게 가장 모범적인 길잡이 역할을 했음을 반증한다고 말한다.

정지용은 일본 유학시절 「압천」, 「카페프란스」 등의 작품을 썼고, 그를 좋아했던 윤동주는 1942년 동경 입교대학에서 동지사대학 영문과로 전입학하게 된다.

이들의 운명은 만나서 같은 공간에 머물러 오래 도란거리지는 못했지만 사뭇 문학이라는 같은 원형질을 가슴에 지니고 살았다.

1948년 1월에 출간된 윤동주의 유고시집 『하늘과 바람과 별과 시』 초간본에 정지용은 서문을 쓴다. 그는 윤동주의 친동생 윤일주의 부탁으로 서문을 쓰게 되며 윤동주의 시를 최초로 문학적으로 평가한 사람으로 남게 된다. 정지용과 윤동주의 인연은 그렇게 이어지고 있었다.

> 서(序)랄 것이 아니라
> 내가 무엇이고 정성껏 몇 마디 써야만 할 의무(義務)를 가졌건만 붓을 잡기가 죽기 보담 싫은 날 나는 천의를 뒤집어 쓰고 차라리 병이 아닌 신음을 하고 있다.
> 무엇이라고 써야 하나?
> 재조(才操)도 탕진하고 용기도 상실하고 8·15 이후에 나는 부당하게 늙어간다.
> 누가 있어서 『너는 일편의 정성까지도 잃었느냐?』 질타한다면 소허 항론이 없이 앉음을 고쳐 무릎을 꿇으리라.

아직 무릎을 꿇을만한 기력이 남았기에 나는 이 붓을 들
어 시인 윤동주의 유고에 분향하노라.(중략)

　　코카사쓰산중에서 도망해온 토끼처럼
　　둘러리를 빙빙 돌며 간을 지키자

　　내가 오래 기르는 여윈 독수리야!
　　와서 뜯어 먹어라 시름 없이

　　너는 살지고
　　나는 여위어야지 그러나

　　　　　　　　　　　　　　　　　　　　－「간」의 일절

　　노자 오천언에
　　『허기심(虛其心) 실기복(實其腹) 약기지(弱其志) 강기골
(强其骨)』이라는 구(句)가 있다.
　　청년 윤동주는 의지가 약하였을 것이다. 그렇기에 서정시
에 우수한 것이겠고, 그러나 뼈가 강하였던 것이리라 그렇기
에 일적(日賊)에게 살을 내던지고 뼈를 차지한 것이 아니었
던가?
　　무시무시한 고독에서 죽었구나! 29세가 되도록 시도 발표
한 적 없이!
　　일제시대에 날뛰던 부일문사 놈들의 글을 다시 보아 침을
배앝을 것 뿐이나 무명 윤동주가 부끄럽지 않고 슬프고 아

름답기 한이 없는 시를 남기지 않았나?

시와 시인은 원래 이런 것이다. (하략)

－「윤동주시집 서(序)」중

정지용은 윤동주의 유고시집 서문을 이렇게 기록한다.

이러한 윤동주와의 인연은 정지용의 도덕주의자적 면모와 무관하지 않았다. 끊임없이 만나고 헤어지는 관계 속에서 윤동주는 정지용의 이러한 면모를 미리 보았을 것이다.

정지용은 중기 산문에서 보여주던 인간과 자연에의 관심에서 거리를 둔 시론(時論)을 쓴다. 그의 시론은 주로 시대적, 사회적 상황을 바탕으로 사회의식과 비판정신이 주로 드러나는 중수필적 요소를 비교적 잘 갖추고 내면적 자아의 혼란스러움을 그려놓고 있다.

순박하고 소박한 자아 세계관의 소유자 정지용은 좌우익의 이데올로기가 확실히 정립되지 못한 시대의 혼란스러움을 「여적」, 「오무백무」, 「쌀」 등의 시론형식으로 표명하고 있었다.

이러한 작품을 통하여 정지용은 그의 후기 산문에서 순박한 도덕주의자로 표명되며 솔직한 모럴리스트로서의 면모를 잘 보여주고 있었다. 정지용의 후기 시론에 나타난 도덕주의자적 면모는 윤동주의 시에 영향을 끼쳤다. 이 영향으로 윤동주는 지식인의 끊임없는 고뇌를 자아성찰적 자세로 애잔하게 그리고 있었다.

세상에 닮고 싶은 사람이 꼭 한 명이라도 있다면 참 행복한 사람이리라. 윤동주는 정지용을 바라보며 행복한 사람으로 살아가지 않았을까?

연변지용제를 두고 옥천군은 가끔 갑론을박을 벌이기도 한다.

참담한 민족현실에 절규하던, 한국인이 가장 좋아한다는 정지용과 윤동주. 이들을 놓고 혼란을 빚는 것은 마치 중요한 일을 버리고 바쁜 일부터 해나가는 어리석음을 범하는 것과 무엇이 다를까. 목숨만큼이나 소중했던 그들 삶의 깊은 흔적과 도덕주의자와 민족주의자가 흘렸던 눈물의 방향을 지키자. 무게중심이 기울지 않는 굳센 노 하나쯤 흔들리지 않고 저어가는 우리가 되자.

운명처럼 만났던 정지용과 윤동주처럼 흔들리지 않는 뿌리로 굳건히 땅을 딛고 하늘을 향해 두 팔을 힘껏 벌려볼 일이다. 우리는.

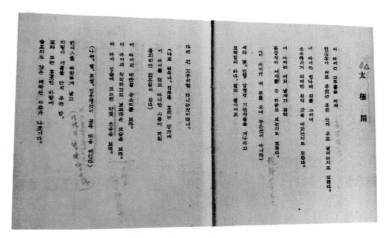

윤동주가 『정지용 시집』에 쓴 글

철없어 슬픈 이야기

크리스마스 이브를 하루 앞둔 날 아침, 밖에는 수제비만한 눈이 내린다.

그날도 이런 눈이 내렸다.

박사과정 학기 중 한국근대작가연구 수업 현장학습을 가람 이병기 생가로 갔다. 가는 날이 장날이라 했던가. 처음 나간 현장학습 날은 바람이 불고 눈이 내렸다.

재재바르지 못한 나를 운전시키지 못하시는 교수님들.

수제비만한 눈 내리는 길을 이윽고 지도교수님께서 손수 운전을 하셨다. 교수님을 모시고 다녀도 시원치 않은 이 상황에 지도교수님께서 나를 모시고 다녀야하는 이상한 상황이 전개되고만 것이다. 그렇지만 모자라도 한참 모자란 나인지라 어찌 하리이까.

내가 운전을 하다가 잘못하여 교수님들 다치게 하면 어떻게 하나? 긴장이 되고 떨린다. 그런데 교수님도 마찬가지 생각을 하실 것이지만 교수님 결정은 나와 다르다. 나는 용기내서 제가 운전하겠다고 말 못하고 끙끙거린다. 그러는 사이에 교수님께서는 자청하셔서 운전하시고 마는 것이 아닌가?

그런데 나의 그러한 행동은 얼마나 이기적인 것인가? 그리고 나를 향한 지극히 그럴싸하게 포장된 변명은 아닌가?

이러한 생각에 이르면 교수님들에 대한 미안함보다, 내가 나를 싫어하는 마음이 먼저 달려든다. 항상 바르게 살려고 하나 그렇게 살아지지 않는 것도 더러 있다.

가람이 기거하였던 수우재와 책방이었던 진수당을 지난다.

눈은 그치지 않으려나보다.

장독대 뒤 대나무 숲에도 한줄기 바람이 흩어진다.

고전문학 유 교수님과 김 교수님 그리고 지도교수님 어깨 위로 눈이 내려 앉는다. 언젠가 그들을 기억하여줄 그 눈은 이렇게 또 내릴 것이다.

모자람이 많은 나이고 보니 항상 예기치 않게 이런 우를 범하고만 적이 한두 번이 아니다. 쭈뼛거리다, 지나고 보면 참 철없는 짓이었다는 생각을 해낸다. 참 철없어 슬픈 이야기이다.

비나 눈이 그치면 날이 개이듯이, 나처럼 철없는 제자는 이제 그렇게 더 이상 없었으면 좋겠다.

가람 이병기와 정지용의 인연은 가람시조집 발문에 나타난다.

정지용은 송강 이후 가람이 솟아 오른 것이라며 청기와로 지붕을 이우고 파아란 하늘과 시새움을 하며 살았으며 골고루 갖춘 값진 자기에 담기는 맛진 음식이 철철히 남달랐으리라 생각된다고 「가람시조집에」(『삼천리』 134호, 1940.)에서 말한다.

이는 아마도 정지용이 가사 문학의 대가였던 송강 정철과 자신이 연일 정씨 자손으로 인척관계였음을 인지하였거나 송강의 작품에 경외심을 가졌었던 것이었음을 알 수 있게 해준다.

오늘도 온종일 두고 비는 줄줄 내린다
꽃이 지던 난초 다시 한 대 피어나며
고적한 나의 마음을 적이 위로하여라.

나도 저를 못 잊거니 저도 나를 따르는지
외로 돌아앉아 책을 앞에 놓아두고
장장이 넘길 때마다 향을 또한 일어나

－「난초3」

    오늘, 가람의 「난초」에서 내리던 비처럼 눈이 줄줄 내린다. 책에서는 향이 일어난다. 수제비만한 그때 그 눈은 그칠 줄 모르고 온종일 내린다.

용서할 수 없는 것

경주 박목월 문학관을 찾았다. 아니, 정확히 동리·목월 문학관에 갔다는 표현이 옳다.

토함산 오르막길 어귀에 있는 문학관에 도착하였다. 그런데 문이 닫혀 있었다.

해 뜬 날 도롱이 쓴다더니 이날은 월요일이었다.

휴일에는 사람도 많고 고속도로도 밀리니 좀 조용하고 도로사정도 만만한 날을 선택하였던 것이 낭패의 요인이었다. 그날이 월요일이라니. 도서관이나 박물관이나 문학관 등은 대부분 월요일을 휴무로 정한다. 그런데 그것을 생각하지 않고 무작정 달려갔던 것이 일을 그르치게 하고 말았다.

휴일임을 안내하는 정문 앞에서 한참을 서있었다. 이런 난감한 일이 있나.

그렇게 한참을 멍하니 서있는데 개구멍이 눈에 띄었다. 이왕 왔으니 문학관 내부로는 못 들어가더라도 문학관 마당이라도 들어갔다 가자는 생각이 들었다.

개구멍으로 들어갔다.

마당에는 개미들만 줄지어 다니고 있었다.

화단에는 붉은 맨드라미가 깨알보다 작은 씨앗을 매달고 있었다. 휘휘 둘러보는 내내 토함산에서 불어오는 습한 바람이 온몸을 휩싸고 돈다. 땀이 훅훅 끼얹는다.

문학관 마당에 내 그림자만 길게 누웠다. 그림자는 개미집단의 줄보다 더 길어졌다. 아쉬운 마음을 접고 그해 여름에는 그냥 돌아왔다. 그리고 다음해 봄 월요일을 피해 동리·목월 문학관에 다시 다녀왔다.

정지용은 박목월, 조지훈, 박두진이라는 청록파 시인을 『문장』지를 통하여 등단시킨다. 이들은 청록파 시인으로 불리며 1946년 조지훈이 근무하던 을유문화사에서 『청록집』을 펴낸다.

정지용은 『청록집』 서문을 쓰고 청록파 시인들과 어울려 술을 마셨다. 그리고 그 자리에서 벌떡 일어서 박목월의 「나그네」를 낭송하였다.

그러나 이렇듯 아끼고 애지중지하였던 박목월을 향한 정지용의 비평은 서늘하고 아렸다.

> 박목월 군. 등을 서로 대고 돌아앉아 눈물 없이 울고 싶은 「리리스트」를 처음 만나 뵙입니다그려. 어쩌자고 이 험악한 세상에 애련측측(哀憐惻惻)한 「리리시즘」을 타고 나셨습니까! 모름지기 시인은 강하여야 합니다. 조롱(鳥籠) 안에서도 쪼그리고 견딜만한 그러한 사자(獅子)처럼 약(弱)하여야 하지요. 다음에는 내가 당신을 몽둥이로 후려 갈기리라. 당신이 얼마나 강한지 보기 위하여 얼마나 약한지를 추대(推戴)하기 위하여. 『문장』 제1권 8호, 1939. 9.

박목월 군. 민요에 떨어지기 쉬운 시가 시의 지위에서 전락되지 않았습니다. 근대시가 <노래하는 정신>을 상실치 아니하면 박 군의 서정시를 얻을 것으로 생각합니다. 충분히 묘사적이고 색채적이기도 합니다. 이러한 시에서는 경상도 사투리도 보류할 필요가 있는 것이나 박 군의 서정시가 제련되기 전의 석금과 같아서 돌이 금보다 많았습니다. 옥의 티와 미인의 이마에 사마귀 한 낱이야 버리기 아까운 점도 있겠으나 서정시에서 말 한 개 밉게 놓이는 것을 용서할 수 없는 것이외다. 박 군의 시 수 편 중에서 고르고 고르고 골라서 겨우 이 한 편이 나가게 된 것이외다.『문장』제1권 제11호, 1939. 12.

박목월 군. 북에 김소월이 있었거니 남에 박목월이가 날 만하다. 소월의 툭툭 불거지는 삭주귀성조는 지금 읽어도 좋더니 목월이 못지않아 아기자기 섬세한 맛이 좋다. 민요풍에서 시에 진전하기까지 목월의 고심이 더 크다. 소월이 천재적이요 독창적이었던 것이 신경감각 묘사까지 미치기에는 너무도 <민요(謠)>에 종시하고 말았으니 목월이 요적(謠的) 뎃상 연습에서 시까지의 콤포지숀에는 요(謠)가 머뭇거리고 있다. 요적(謠的) 수사를 다분히 정리하고 나면 목월의 시가 바로 조선시다.『문장』제2권 제7호, 1940. 9.

이렇게 박목월도 정지용의 서늘한 평을 들으며 시를 쓰고 있었다. 요즘 학생들은 이해하기 힘들 정도로 혹독한 가르침이다.

"몽둥이로 후려 갈"기겠다는, "돌이 금보다 많"다는, "말 한 개 밉게 놓이는 것을 용서할 수 없"다는 혹평을 서슴지 않고 매를 들었

던 정지용. 그러나 종래에는 '북에는 소월, 남에는 목월'이라는 말을
남기고 떠났다.

　이후 박목월은 유명한 시인이 되었다.

박목월과 신석정(1972)

스승을 추모하는 상

    1988년 3월 정지용, 김기림 등 월·납북 작가 작품에 대한 해금이 이루어졌다. 그리고 지용을 기리는 축제인 지용제를 서울과 옥천에서 한 해에 두 번씩 열며 해금에 대한 기쁨을 자축하였다.

    1989년 지용회는 지용문학상을 제정하고 「서한체」를 쓴 박두진을 1회 지용문학상 수상자로 정한다. 지금은 지용문학상 수상자에게 2000만원의 시상을 하지만 당시에는 순금 2돈의 메달을 증정하였다.

    지금은 고인이 되신 박두진은 시상식에서 "등단 기회를 주었던 스승 지용을 추모하는 상을 받게 되어 영광"이라고 말하였다.

    그러나 해금이 되는 과정은 지루하고 길었다.

    「납북 작가 터부시 돼야하나」(『조선일보』, 1977. 2. 2.)에서 정한모 교수는 그들의 월북 동기라든가 해방 후의 사상동향 등은 분명히 밝혀놓으면서 아울러 문학적인 사실 또한 밝혀두는 게 좋겠다. 공백이 생겨 궁금증이 일어나면 오히려 그들에 대한 환상을 갖게 될 우려도 없지 않다. 그러므로 인간적으로나 문학적인 그들의 공과를 분명히 밝혀두어야 한다고 의견을 제시한다.

    이 자리에서 박두진은 정치적인 측면에서는 어려운 점도 있겠으나 문학적 측면에서는 정책의 재검토가 바람직하다. 그만큼 우리의 국력도 커진 것이다. 더구나 그들 중에는 일시적인 현혹, 해방직후 정치적 혼란 속에서의 탈출구로 잘못 판단, 월북한 경우도 있다. 시의 경우만을 보면 한국현대시를 논함에 있어 정지용, 김기림의 작품들을 빼놓을 수 없는 것도 사실이라고 주장하고 나섰다.

공교로운 것인지 아니면 하늘의 뜻이었는지 1988년 정지용, 김기림 등의 작품은 해금이 된다. 이때 정한모 교수는 문화공보부 장관이 되었다.

정지용이 일본 유학을 마치고 휘문고보 교사를 하였던 것처럼 정한모도 서울대학을 졸업하고 휘문고등학교 국어교사로 재직하는 공통분모도 형성하였다.

해금 당시 정 장관의 해금 의지에 대한 작용이 있었을 것이라는 의견이 학자들 사이에서 지금도 회자되고 있다. 해금에 대한 진정서를 넣고 진행하는데 납본 필증이 나왔다. 이때를 문화계에서는 사실상 해금으로 받아들이는 분위기였다. 정 장관이 묵시적 허용을 하고 있다고 생각하였다는 것이다. 그래서 힘을 내서 해금을 추진하였다고 그 당시를 회상하는 지용회 관계자는 이야기한다.

박두진은 조선일보에 정지용, 김기림에 대한 해금을 주장한 지 12년 후 제1회 지용문학상을 수상하게 되었다. 1회라는 시사성 때문에 이 상을 누가 받게 될 것인지에 대한 궁금증이 많았다.

심사를 맡았던 유종호, 김현, 황금찬은 박두진의 「서한체」, 신경림의 「가난한 사랑노래」, 황동규의 「견딜 수 없이 가벼운 존재들」로 최종후보를 압축하였다. 심사위원들은 지용시처럼 낭송을 통해 시보급에 기여하고 리듬감이 뛰어난 시인 「서한체」에 우선권을 주었다. 그 후로도 지용문학상 수상작은 낭송하기 좋은 시여야 한다는 이야기들이 전한다.

> 노래해다오. 다시는 부르지 않을 노래로 노래해다오. 단 한번만 부르고 싶은 노래로 노래해다오. 저 밤하늘 높디높은 별들보다 더 아득하게 햇덩어리 펄펄 끓는 햇덩어리보다 더 뜨겁게, 일어서고 주저앉고 뒤집히고 기어오르고 밀고 가고 밀고 오는 바다 파도보다도 더 설레게 노래해다오. 노래해다오. 꽃잎보다 바람결보다 빛살보다 더 가볍게, 이슬방울 눈물방울 수정알보다 더 맑디맑게 노래해다오. 너와 나의 넋과 넋, 살과 살의 하나됨보다 더 울렁거리게, 그렇게보다 더 황홀하게 노래해다오. 환희 절정 오싹하게 노래해다오. 영원 영원의 모두, 끝과 시작의 모두, 절정 거기 절정의 절정을 노래해다오. 바닥의 바닥 심연의 심연을 노래해다오.

> —「서한체」

애타게 노래해다오를 열망하던 박두진은 지용문학상을 수상한 지 10년째 되던 해 사망한다.

그리고 교수와 문공부 장관을 지내며, 시인이라는 글쟁이로는 드물게 화려한 삶을 산 정한모는 1991년 숨을 거둔다.

어떤 일은 아무리 노력을 하여도 빗나간 화살처럼 매번 엇나가기만 한다. 그러나 어떤 일은 참고 기다리면 우연히 이루어지기도 한다. 그러나 그 일이 이루어지기 전에 그것에 대한 준비와 들썩임이 분명 있어야 수월하게 이루어진다. 더러는 그렇지 않은 경우도 있는 모양이다. 요행히 하품을 하였는데 감나무에서 입으로 감이 쏙 떨어져 주는 경우가 그 경우다.

어떤 일은 조바심을 내고 동동거려야 하고, 어떤 일은 내내 기다려야 이루어지는지 그것의 구분이 모호할 뿐이다.

나는 아직도 그것을 확실히 구분할 수 없다.

정지용이 등단시킨 청록파 시인
(왼쪽부터 조지훈, 박목월, 박두진)

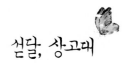

섣달, 상고대

눈이 수북이 쌓인 겨울날이 있었다.

해마다 섣달이면 빚쟁이마냥 원고 독촉에 심신이 피로하다. 피로
는 몸을 더 괴롭혀 풀어야 한다던가?

대둔산에 올랐다. 산허리까지 눈꽃이 피었다. 등산로에도 소나무
에도 눈이 푹푹 원 없이 내려앉았다.

산허리를 벗어나자 눈꽃 위에 상고대가 열렸다.

어제 내린 눈이 눈꽃을 피웠다. 그 눈꽃은 밤사이 방문한 서리,
산을 안고 오른 안개와 만나 상고대로 다시 피어났다. 산허리를
경계로 그 아래 산에서는 없었던 풍경이다. 지난 가을, 나무와 미
처 이별하지 못한 상수리나무 잎은 밀가루 반죽을 잔뜩 뒤집어
쓰고 있는 듯하다. 윤기가 돈다. 마치 기름을 발라놓은 것마냥 상
고대 꽃을 매달고 있다.

산은 오를수록 다른 얼굴을 내밀었다.

석천사를 지나 한 시간을 올라도 대둔산 정상이 안 보인다. 1시
간 30분이면 정상에 도착한다는 인터넷 검색 정보였는데. 길이 미
끄러워 조심하느라 천천히 올라서 이렇게 오래 걸리는 것으로 생각
을 고쳤다.

계속 올랐다. 경치는 더욱 아름다워졌다. 정상은 없어도 괜찮았다.

눈꽃 위에 얹어진 상고대를 처음 보았다. 신이 났다. 아니 놀라웠다. 이러한 경치도 세상에 존재하는구나. 오르지 않으면 볼 수 없는 것. 그것은 힘들지 않으면 얻을 수 없는 것과 무엇이 다르랴.

산 중간에서 컵라면과 커피로 허기를 때웠다.

하얀 바늘처럼, 칼처럼 뾰족한 꽃모양을 하고 있는 상고대. 상고대를 따 먹었다. 차가웠다. 아이스크림을 녹였다가 다시 냉동시켜 먹는 그 맛이다. 얼음만 서걱이는 그 맛, 꼭 그것이었다.

나무 몸통에도 가늘고 굵은 바늘처럼 상고대가 줄을 서고 있었다.

3시간 30분을 올라도 정상은 보이지 않았다. 다만 석천사를 지났다는 것과 이름도 모르는 산꼭대기에 도착하였다는 것만 알고 있을 뿐이다.

그 꼭대기에서 하산하기로 하였다.

길은 그 사이에 눈이 녹아있었다. 석천사 갈림길에 도착하였다. 그곳에서 길을 잘못 들었음을 알았다. 눈 속에 묻힌 길을 잘 찾지 못하여 정상 반대쪽으로 걸어 올랐던 것이다.

아니, 오를 때는 이정표 아래쪽에 그려진 화살표가 눈 속에 쌓여 보이지 않았었다. 내려오는 길에 보니 눈이 녹아 화살표가 보였다. 우리가 오른 반대쪽을 가리키고 있는 화살표. 허탈하고 우스웠다.

그러나 어쩌랴.

이미 다른 길을 선택해 산 아래는 잊은 채 정상을 찾아 올랐던 것을. 그러나 정상은 찾지도 못하고 상고대의 황홀한 풍경에 심취한 채 하산하고 있는 것을.

하산 길은 미끄러웠다. 신경을 곤두세우고 걷지만 자꾸 미끄러졌다.

조용한 대둔산에 해가 저물고 있었다.

서두르는 발끝에 온산을 흔드는 소리가 잡힌다. 날은 저물고 있는데. 그 소리를 쫓아갔다.

눈 내린 골짜기. 한 여인이 수궁가를 부르고 있다. 득음을 하지 못하여 공부를 하고 있단다. 이름은 수현이라 하였다.

수현을 보며 김말봉을 생각한다. 딸 전혜금에게 어느 날 좋은 시조가 있다며 곡을 붙여달라던 말봉. 그 딸은 남편 금수현에게 말했고 '세모시 옥색치마…'라 하는 「그네」는 그렇게 명곡으로 만들어졌다지. 수현! 말봉의 사위와 이름이 우연히 같아서일까?

불현듯 눈 속에서 말 없는 바람이 인다. 그 바람은 수현의 수궁가 끝자락을 잡는다.

소리 공부한다는 수현을 보고 김말봉을 떠올린 것은 그 무게중심에 정지용이 있기 때문일 것이다. 충청도 산골 소년이었던 청년 정지용과 부산의 끝봉이인 김말봉은 1923년 일본 동지사대학 유학시절에 만나게 된다. 「압천상·하」에서 '우리'라고 서술되는 '우리'는 누구일까에 관심이 간다.

'우리'는 노는 날이면 교토의 비예산과 상압, 중압으로 산보를 다녔다. 당시 조선인 노동자들이 이곳 하천공사나 케이블카 공사를 하였다. 이들은 '우리'를 조선인 학생이라고 신랑신부처럼 아랫목에 앉히고 나이, 이름, 고향을 물으며 귀족대우를 한다. 어떤 사이냐고 묻는 이들의 질문에 정지용은 얼결에 사촌이라고 대답한다. 이들은 오누이가 퍽이나 닮았다며 이밥에 달래, 쑥 등의 조선 반찬으로 점심을 대접한다. '우리'는 오누이인척 하고 견뎠다.

오누이인척 하고 견뎠다는 '우리' 중 하나는 누구일까?

김말봉이라는 설에 무게가 실린다.

동지사대학 재학시절 친구처럼 가깝게 지낸 여인이라는 점, 산문에 오누이로 쓰고 있는 것으로 보아 남자 친구는 아니라는 점에 집중하게 된다. 이러한 설들은 '우리' 중 하나는 김말봉이일 것이라는 개연성을 높여 주며 설득력을 얻는다.

　대둔산 눈 속에서 수궁가를 부르는 수현 앞에서 몸을 온통 얼려야 피워낼 수 있는 섣달 상고대를 생각한다.

　안개나 서리가 나무에 얼어붙어 핀다는 상고대. 그러나 자연의 이치처럼 그렇게 수월하게 피어지는 것이 상고대는 아니다.

　상고대는 안개나 서리가 나무에게로 와서 어는 것이 아니다. 나무가 몸통 째 어는 것이다. 몸통이 얼어 그 속에서 단단하고 고진한 진액이 흘러나오는 것이다. 흘러나온 진액이 다시 투명에 이르러야 맺어지는 것, 제 몸을 모두 얼려 투명한 진액을 혈액처럼 내뱉을 때 비로소 활활 타는 것, 그것이 상고대다.

　상고대는 얼어 있는 것이 아니라 타고 있는 것이다. 몸통을 얼려 활화산 같은 진액을 분출해 하얗게 불 지르는 것, 그것이 상고대다.

　현대문학의 거봉이라는 정지용과 신문연재를 한꺼번에 셋씩이나 쓰며 생활방편으로 원고지 메우기가 지긋지긋하였다는 말봉. 그리고 눈 속에서 아직도 소리공부를 하며 머리카락이 희끗해진 수현을 본다.

　지용과 말봉 그리고 수현과 나는 일직선에 앉아본다.

　지는 해를 붙들고 하산을 한다. 수현의 하얗게 센 머리카락이 슬프다. 수궁가는 아직도 계곡을 타고 흐른다. 섣달 상고대의 아름다운 조화를 꿈꾼다.

돌아오지 않는 아버지

　한국문학의 한 시대를 연 정지용은 1950년 7월 그믐께 집을 나
간 후 소식이 없다. 당시 녹번동 자택으로 찾아온 제자들과 대화
를 나눈 후 옷도 갈아입지 않고 나갔다. 문안에 갔다 온다는 마지
막 말을 남기고 집을 나섰다. 정지용의 장남 구관은 아버지 모습
의 최후를 이렇게 기억하였다.

　돌아오지 않는 아버지를 찾겠다고 둘째 구익과 셋째 구인이 나
섰다. 그런데 당시 아버지를 찾겠다고 나섰던 두 아들도 행방불명
되고 말았다.

　1987년 연변지용제에서 연변일보 기자를 통해 구인이 북한에 살
고 있다는 것이 알려졌다. 구관은 죽은 줄만 알았던 구인이 살아있
다는 소식이 꿈만 같았으나 구인의 기고문을 빌미로 월북설이 대
두될까 노심초사하였다.

　북한에서 방송 기자로 활동하는 구인은 북한 통일신보에 기고문
을 낸다. 그는 일제강점기 정지용, 신채호, 한용운, 김소월의 작품에
대해 온정을 베풀었다. 특히 「향수」는 고향을 노래, 겨레의 숭고한
사상과 감정을 담고 있어 북한에서도 널리 애송된다. 김정일은 구
인의 환갑에 잔치상을 차려주며 정지용을 애국시인이라고 칭송하

였다고 기고문에 적는다.

구인은 2000년 남북이산가족 2차 상봉 때 남쪽에 살아있던 형 구관과 만난다. 그러나 구익은 지금까지도 연락이 없다.

정지용의 고향에 살고 있는 나는 지용제에 참석하는 구관과 자주 마주쳤다. 아버지 정지용에 대한 질문에는 항상 목소리를 높여 답변해 주시던 모습이 떠오른다. 그때는 쭈뼛거리느라 가까이 가서 많은 것을 여쭤보지 못하였던 것이 지나놓고 보니 후회스럽다. 먼 발치에서 구관의 소리를 조용히 들을 뿐이었다. 그때 나는.

구관은 연좌제라는 굴레를 쓰고 살았다.

그는 보따리 장사를 하고 탄광을 떠돌았다. 그러면서 금서로 묶였던 아버지의 작품에 해금이라는 빛을 찾아주고 납북 확인을 받았다. 관계부처에 진정을 내고 자료를 찾는데 10여년의 세월이 걸렸다.

해금되기 몇 달 전 모 신문사 주관 시낭송대회에서 어느 여고생이 「향수」를 낭송해 봉변을 당하는 웃지 못할 일도 벌어졌다. 1949년 9월, 정지용의 시 10여 편이 중등국어교과서에서 사라졌다. 이름도 정O용으로 표기되었다. 월북 누명을 썼기 때문이다.

구관이 제일 좋아한다는 「호수」는 손거울에 써서 판매되었다. 그러나 정지용의 이름은 쓰지 않고, 그냥 시만 쓴 채로 시중에 유통되었다. 작가가 없는 시 「호수」로 우리 앞에 나타났던 것이다. 당시 구관은 그 시가 아버지 정지용의 시였는지 몰랐단다. 그리고 정지용의 손자들에게도 할아버지가 정지용이라는 말을 해주지 않았다. 이는 월북설의 고통이 이들에게 주는 고통은 이루 말할 수 없었음을 짐작하게 해준다.

해금되기 전, 구관은 문학을 잘 아는 한 기자를 찾았다. 그리고 청주에 사는 그 기자와 친해졌다. 밤새 술을 마시고 울었지만 돌아오지 않는 아버지였다. 그는 기자를 붙들고 아버지 빨갱이 누명만 벗게 해달라고 애원을 하였다. 그리고 또 술을 마셨다. 그렇게 수십 년을 견뎠다.

간절히 원하면 이루어진다던가.

장남 구관의 바람은 영혼을 담고 흔들렸다. 그 흔들림은 정지용이 오롯이 우리 곁으로 귀환하고 있음을 알렸다.

1982년 『정지용 시와 산문』을 발간한다. 그러나 납본 필증이 없어 판매하지 못하였다. 이렇게 6년간 창고에 쌓아두었던 『정지용 시와 산문』은 1988년 납본 필증을 받았다. 이렇게 발간해 놓고도 시중에 나설 수 없었던 『정지용 시와 산문』은 납월북작가 해금도서 1호로 기록된다.

이는 사실상 정지용의 해금을 의미한다고 언론과 문화계는 받아들였다. 우리문학사 복원에 숨통을 텄다고. 그러나 문공부는 출판 사실 확인에 불과하다고 맞받아쳤다.

북한의 구인은 남한에 있는 정지용을 찾는다고 이산가족 상봉신청에 적었다. 북한으로 갔다는 정지용. 그러나 북한에 살고 있던 정지용 아들 구인이 모른단다. 이것은 얼마나 아이러니한 일인가? 더구나 북한에 있지도 않은 정지용을 월북이라고, 한 세월을 몰아세웠으니. 그들의 슬픔과 한은 오죽하였겠는가?

여기서 현대를 사는 우리는 분명히 일정부분 빚을 짊어지고 있다는 것을 알아야 한다. 일제강점기 우리말을 노래하며 민족의 정서를 아름다운 모국어로 구사하던 정지용을 해금이 되기 전까지 이름조차 거론하지 못하게 족쇄를 채웠다는 것. 그 족쇄를 반세기 동안 지속한 이 큰 빚은 무엇으로 대신할 수 있을까?

난감한 좌절감이 밀려든다.

이제 돌아오지 않는 아버지 정지용을 기다리던 장남 구관도 가고, 장녀 구원도 2015년 떠났다. 사실상 정지용의 자녀는 남한에 더 이상 없다. 북한에 있다는 구인의 생사는 확인이 자유롭지 못하다. 그도 벌써 여든을 넘겼다.

돌아오지 못하고 살기도 하고 돌아오지 않고 살아가기도 하는 사람들. 그들 속에서 돌아오지 않는 정지용을 기다리며 속절없이 세월을 보내며 애만 태운 이들도 있다.

2001년 2월, 3차 이산가족 상봉에서 만난
(왼쪽부터)정지용의 장남 구관, 3남(당시 북한 거주) 구인,
장녀 구원

가난한 사람들

한 해의 꼬리에서 목필균의 「송년회」가 카톡을 울린다.

후미진 골목 두 번 꺾어들면
허름한 돈암 곱창집
지글대며 볶아지던 곱창에
넌 소주잔 기울이고
난 웃어주고
가끔 그렇게 안부를 묻던 우리

올해 기억 속에
너와 만남이 있었는지
말로는 잊지 않았다 하면서도
우린 잊고 있었나 보다
나라님도 어렵다는 살림살이
너무 힘겨워 잊었나 보다

12월 허리에 서서
무심했던 내가
무심했던 너를
손짓하며 부른다

둘이서
지폐 한 장이면 족한
그 집에서 일 년 치 만남을
단번에 하자고

무릎 나온 일상복 차림이면 어떠랴. 당장 신용카드 꽂힌 휴대폰만 챙겨들고 달려가고 싶은 돈암동 곱창집이다. 만나지 못한 친구를 그리워하는 날이 있다. 그러나 그것도 잠시 일에 치이는지 이내 잊고 만다.

추억은 한 순간이라지만 우리는 그 파편을 기억해 낸다. 그리고 그것을 맞춰보고 안아본다. 불행하였다고 고통스러웠다고 너무나 가난하여 다시는 돌아가고 싶지 않은 힘든 세월이었다고 하소연하는 사람들. 그러나 그들은 그것을 추억으로 되돌리면 힘들었던 시절을 대부분 그리워한다. 그때가 좋았다고.

1946년 정지용이 소고기 두 근을 사들고 돈암동 골목길을 접어든다.

후배 김동리의 집으로 가고 있다. 정지용이 경향신문 주간으로 창간을 준비할 때다. 김동리가 정지용에게 횡보 염상섭을 편집국장으로 소개하여 준다. 횡보는 중진 언론인으로 언론계의 평가가 꽤나 높았던 인물인지라 그의 소개에 대한 고마움을 전하기 위함이었다.

정지용은 김동리의 집에 도착해 소고기를 건넸다.

그런데 소고기 요리를 해본 적이 없어 쩔쩔 매는 김동리의 부인과 마주한다. 그것을 보고 정지용은 울분을 토한다.

그는 적빈여세(赤貧如洗)를 연거푸 외쳤다. 물로 씻은 듯이 아무것도 없는 가난. 이는 청빈을 지나 고요한 침묵으로 남은 가난이었다.

세월만큼이나 빈한하였던 김동리 집에서 내놓은 안주는 수제비 한 그릇이었다. 둘은 수제비 안주로 밤을 새워 술을 마셨다.

유난히 추운 시대를 살다간 사람들. 잠도 자지 않고 수제비 안주에 세상을 담던 사람들. 살얼음판 같은 시절을 쓰러지지 않는 한 그루 나무로 버티고 섰던 사람들.

이들은 평생 붓 한 자루에 의지해 살다갔다. 이들은 가난하지 않았다면 비싼 재료를 요구하는 미술이나 호화로운 의상이 빛나는 무용이나 레드바이올린을 들고 연주하는 음악가가 되었을지도 모른다.

붓에 의지해 살아가던 이들은 각각 청년문학가협회와 문학가동맹이라는 이념의 소용돌이에 휩싸이기도 한다. 이들은 일제강점기라는 그들이 선택하지도 않은 아니 선택의 여지가 없었던 어쩔 수 없는 시대적 현실에 던져지기도 하였다.

그렇게 그들은 붓이라는 매개체로 고단한 생을 살아가고 있었다. 동질적이지만 이질적이게 이질적이지만 동질적이었던 삶. 그들은 그러한 길을 각자 걷고 있었다. 여전히 가난한 채로.

가난이 원수인 날도 있다. 그러나 가난하기 때문에 주변을 따뜻하게 바라보는 눈을 가질 수도 있다. 가난을 겪지 않고는 가난의 배고픔을 딱히 무엇이라 표현할 수 없는 것처럼. 그것은 절약하느라 견디는 배고픔과는 다르다. 가난은 정신적 윤기마저 허기지게 하는 서글픔이다.

그러나 그들의 가난한 삶이 피워낸 문학은 초라하지 않았다. 크고 눈부시고 성대하였다.

1947년 정지용은 횡보와 함께 「무녀도」 출판기념회장을 찾는다.

그는 김동리에게 무녀도에 대한 칭찬과 격려를 한다. 무녀도라고, 무녀도뿐이라고.

궁기를 가득 담은 스산한 바람이 분다. 그때 가난한 사람들에게 불던 바람이 텔레비전 자막으로도 매달리고 리모컨에도 붙어있다. 조간신문 1면에도 화려하게 등장한다.

김동리의 출판기념회 날에도 이러한 바람이 지났을 것이다.

올해가 가기 전에 돈암동 골목길 후미진 곱창집을 찾을 일이다.

정지용이 교토 유학 시절 가까운 친척에게 써준 붓글씨

한여름 밤의 꿈

시간이 지나야 알아지는 것들이 있다.

구리처럼 당장은 괜찮지만 해를 거듭할수록 빛이 사라지는 것이 있다. 반면 금처럼 세월이 가도 빛을 그대로 유지하는 것도 있다.

한국 비평문학의 효시로 불리는 눌인(訥人) 김환태가 금과 같은 사람이다.

눌인은 경향문학에 대한 경계와 친일문학으로의 변모를 예견하며 우려하였던 사람이다. 문학과 예술의 위대성과 미적 기준을 말하며 문학의 순수성을 지켰던 그는 1928년 동지사대학에서 정지용을 만난다.

그는 도쿄로 가는 길에 고향사람을 만나서 이삼일 쉬고 가려고 교토에 들렀다. 그런데 친구와 떨어질 수 없고 교토를 떠나기 싫어서 동지사대학에 머물렀다. 눌인, 정말 그의 호처럼 눌인다운 행동이다. 순수함의 극치를 이루고 있는 대목이다.

신입생 환영회에서 「띠」, 「홍시」를 낭송하는 정지용의 모습은 눌인의 상상을 빗나갔다. 큰 키에 콧날이 오뚝하고 날카로운 사람이라는 생각이었다. 그런데 정지용은 작은 키에 남보다 긴 이빨이 돋보이는 사람이었다.

고향 후배인 눌인을 데리고 정지용은 상국사로 압천으로 돌아다 녔다. 그는 칠흑같이 어두운 그믐날에 「향수」를 읊어주고 고향 생 각에 하숙으로 돌아가기 싫어하는 눌인을 데리고 찻집으로 가서 쿨피스를 사줬다.

초여름 석양 아래에서 둘은 압천을 거닐었다. 이런 날 정지용은 「압천」을 읊어주었다. 이후 눌인은 정지용의 시에 말할 수 없는 감 명을 받게 된다. 그런데 이들의 만남은 영원할 수 없었다.

이듬해인 1929년 봄, 정지용은 눌인 곁을 떠난다.

정지용은 금단추 다섯 개를 떼어버리고 새파란 세비로 양복을 지어입고 귀향을 한다. 공처럼 퐁퐁 튀어 다니는 그의 그림자는 어 디에도 보이지 않았다. 눌인은 그의 빈자리가 허전하여 한동안 맘 둘 곳을 찾지 못하였다. 그렇게 그는 적적한 세월을 보낸다.

1년이 지나며 눌인에게 친구가 생겼다.

모자를 쓰지 않고 들고만 다니며 고향에 두고 온 아내와 딸을 그리워하던 P, 짝사랑에 빠져 10년 동안 늘 3학년이었던 K, 얌전하 고 착실한 고학생으로 불평 없이 웃고 다녔지만 술만 마시면 젓가 락 장단에 목청을 짜내던 Y, 수염이 많아 무뚝뚝하고 무서운 인상 이지만 사귈수록 인정이 많던 H, 매월 집에서 오륙십 원의 큰돈이 송금되었지만 항상 빈주머니였던 C. 특이한 성격의 소유자인 이들 여섯 명은 하루도 만나지 않고는 못 견디어 매일 만났다.

이들은 술을 말로 받아다 놓고 통음하고, 노래를 합창해 이웃집 처녀들로부터 박수를 받고, 인삼가루를 미수가루라 속여 주인영감 을 눈물 나게 하였다. 2층에서 오줌을 누어 1층 마당이 한강이 된 것을 보고 놀란 주인에게 차(tea)를 버렸다고 변명을 하며 진땀을 빼기도 한다.

이들은 가모가와 잔디밭에서 하루 종일 누워 하늘을 보았다. 마음대로 이루어지지 않는 사랑의 괴로움을 어루만지고 보듬어주며 서로를 위로하였다. 그러나 이 재미 속에서도 가슴 한편은 늘 외롭고 서글펐다.

이후 K, Y, H를 교토에 남겨두고 C는 도쿄로 눌인은 후쿠오카로 떠난다. 학창시절에서 가장 즐거웠다는 교토생활을 마감하며 눌인은 이들을 다시 만날 때가 있을 것이라며 서글퍼한다.

눌인은 1936년 박용철의 누이 박봉자와 결혼한다. 한 소설가가 애타도록 좋아하였다던 박. 그녀는 1944년 눌인이 짧은 삶을 마감할 때까지 10년도 안 되는 짧은 시간을 그의 아내로 살게 된다.

영동역을 지난다.

일본에서 돌아올 때 눌인은 품에 아이를 안고 있었다. 사랑했던 하숙집 딸과의 사이에서 태어난 아이. 영동역에서 아이를 안고 서 있었다던 눌인의 모습이 그려진다. 그 아이는 눌인의 고향에 온 지 얼마 후 사망하였다.

인연이란 기묘한 것이다. 부모와 자식으로 왔다가도 못다 살고 가기도 하고, 이웃으로 만나도 오래오래 곁에서 살기도 한다.

인생은 장난처럼 한바탕 살다가는 것인가 보다. 그것은 가장 뜨거운 한여름 밤의 꿈만 같은 것이다. 도착이 없는 도착할 수 없는 도착지가 없는 도착지도 모르는 그것, 그것을 우리는 인생이라 부르며 꿈을 꾼다.

정지용 시, 채동선 곡 「바다」 악보(1930년대)

부록

정지용 생애 여정 지도

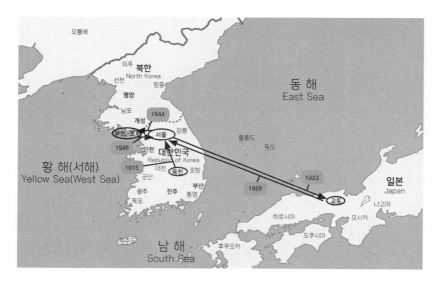

| 옥천

1902. 5. 15. 옥천군 내남면 상계리 출생

1913. 은진송씨 재숙과 결혼

1928. 옥천면 하계리 40에서 장남 구관 출생

| 서울

1915. 서울 처가 친척 송지헌 집에 기숙하였다 전함.

1918. 경성 창신동 143번지 우필영 씨방

1919. 12. 『서광』 창간호에 처녀작 자전적 소설 「삼인」 발표

1929. 휘문고보 영어교사로 취임. 부인과 장남 솔거하여 서울 종로구
효자동으로 이사

1930. 3. 박용철, 김영랑, 이하윤 등과 『시문학』 동인으로 활동

1933. 구인회(김기림, 이효석, 이종명, 김유정 유치진, 조용만, 이태준, 정지용, 이무영) 9명이 창립함.

1935. 10. 시문학사에서 『정지용 시집』 간행

1939. 8. 『문장』에 시부문 심사위원 맡음

1941. 9. 문장사에서 『백록담』 간행

1946. 서울 성북구 돈암동으로 이사

1946. 6. 을유문화사에서 『지용시선』 간행. (『정지용시집』, 『백록담』에서 뽑음)

1946. 경향신문사 주간. 백양당과 동명출판사에서 『백록담』 재판 발행

1947. 서울대 문리과 강사 출강 『시경』 강의

1948. 2. 박문출판사 산문집 『문학독본』 간행

1949. 1. 동지사에서 『산문』 간행

1950. 3. 동명출판사 『백록담』 3판 간행. 한국전쟁 당시 녹번리 초당에서 설정식 등과 함께 정치보위부에 나가 자수형식을 밟다가 납북 추정

┃ 부천

1944. 2차 세계대전 말기 일본군 열세로 연합군 폭격 대비를 위해 서울 소개령 내림. 정지용은 부천군 소사읍 소사리로 가족 솔거해 이사.

1945. 이화여전 교수(문과 과장). 당시 건설출판사(조벽암 : 시인·소설가 1908~1985)에서 하숙하였다 전함.

┃ 교토

1923. 4. 교토 동지사 대학 예과 입학

1926. 3. 교토 동지사 대학 예과 수료

1926. 4. 교토 동지사 대학 영문학과 입학

1929. 6. 교토 동지사 대학 영문학과 졸업

정지용 기행산문 여정 지도

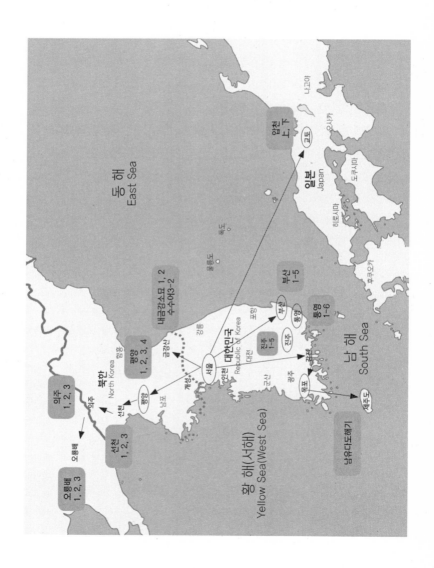

I. 일본 교토(1923~1929)
　「압천상류」上
　「압천상류」下

II. 금강산기
　「내금강소묘 1, 2」
　「수수어 3-2」
　박용철과 함께 기행『조선일보』(1937. 2. 10~17)

III. 「남유다도해기」 12편
　김영랑, 김현구와 함께 기행『조선일보』(1938. 8. 6~30)

IV. 화문행각
　「화문행각」 13편
　『동아일보』(1940. 1. 28~2. 15)
　길진섭과 함께 기행

V. 남해오월점철
　「남해오월점철」 18편
　정종여와 함께 기행『국도신문』(1950. 5. 7~6. 28)

정지용 연보

1902
전기 | 6월 20일(음력 5월 15일) 충북 옥천군 내남면에서 영일(迎日)정씨 부 정태국과 모 하동정씨 정미하 사이에서 태어남. 부친은 한약상 경영. 1910년 조선총독부 임시토지조사국 토지조사부에 의하면 정지용 생가주소는 옥천군 내남면 상계리로 확인됨.

1910
전기 | 4월 6일 충북 옥천공립보통학교(현 죽향초등학교)입학.

1911
전기 | 7월 하안 붕괴해 제방 개축할 정도의 대홍수 발생. 정지용 집 큰 피해.

1913
전기 | 충북 영동군 심천면의 은진 송씨 명헌의 딸인 동갑나기 재숙과 결혼. 부인은 1902년 1월 21일생.

1914
전기 | 3월 23일 4년제 옥천공립보통학교 4회 졸업.

1915
전기 | 처가의 친척인 서울 송지헌의 집에 기숙.
휘문고보 입학 전까지 한문수학했다 알려짐. 스승은 누군지 확실하지 않음.

1917

전기 | 8월 11일 참혹한 호우 피해. 이때 한약재 침수로 집안이 몰락하
　　　는 원인이 됨.

1918

전기 | 4월 2일 사립 휘문고보 입학. 휘문고보 재학 당시 3년 선배 홍
　　　사용, 2년 선배 박종화, 1년 선배 김윤식, 동급생 이선근, 박제찬,
　　　1년 후배 이태준 등이 있었음. 성적은 1학년 때 88명 중 수석. 집
　　　안형편으로 교비생으로 학교다님.

작품 | 박팔양 등 8명이 요람(搖籃)동인(同人) 결성. 그러나 그 중 한
　　　권도 발견 안 됨. 정지용, 박제찬이 동지사대학 진학 후에도 동
　　　인들 서로 작품 돌려봄.

1919

전기 | 휘문고보 2학년. 3·1운동 후유증으로 가을까지 수업 못 받음.
　　　1·2학기 성적공란이고 3학기 성적만 학적부에 남아있음. 휘문고
　　　보 학내사태 주동으로 전경석은 제적, 정지용과 이선근은 무기
　　　정학 처분. 교우와 교직원의 중재로 사태수습 후 바로 복학.

작품 | 12월 『서광(曙光)』 창간호에 처녀작 소설 「삼인」 발표.

1922

전기 | 3월 휘문고보 4년제 졸업. 학제 개편으로 수업연한이 5년제
　　　(1922~1938)가 되며 5학년으로 진급.

작품 | 마포하류 현석리에서 타고르의 시풍이 엿보이는 첫 시작 「풍랑
　　　몽 1」 초고 씀.

1923

전기 | 정지용 등 학예부원이 편집한 『휘문』 창간호 출간. 3월 휘문고보

5년제 졸업. 4월 박제찬과 함께 일본 교토의 동지사대학 예과 입학. (동지사대학 성적표에는 5월 3일에 입학한 것으로 표기됨. 출국과 입학 수속이 늦어진 것으로 보임) 졸업 후 모교 교사로 근무한다는 조건부로 휘문고보측 장학금 지급.

작품 | 3월 11일(작품 말미에 표기) 대표작 「향수(鄕愁)」 초고 씀. 고국을 떠나는 심적 부담감이 내면에 작용한 것으로 보임.

1924

작품 | 시 「자류(柘榴)」, 「민요풍 시편」, 「Dahlia」, 「홍춘(紅春)」, 「산 에ㅅ색시 들녘사내」 씀.

1925

작품 | 「샛밝안 기관차(機關車)」, 「바다」, 「황마차(幌馬車)」 등의 작품 씀. 11월 『동지사대학예과학생회지(同志社大學豫科學生會誌)』『同志社大學豫科學生會誌』와 『自由詩人』 관련 자료는 김동희, 「정지용의 일본어시」, 『서정시학』 65호, 2015, 178~190면 참조.4호에 시 「カツフェ_・フラス」, 「車窓より」, 「いしころ」, 「仁川港の或る追憶」 발표. 12월 『자유시인(自由詩人)』 창간호에 시 「シグナルの燈り」, 「爬蟲類動物」, 「なつぱむし」, 「扉の前」, 「雨に濡れて」, 「恐ろき落日」, 「暗い戶口の前」, 산문 「詩・犬・同人」 발표.

1926

전기 | 3월 예과 수료 후 4월 영문과에 입학.

작품 | 시 「갑판(甲板) 우」, 「바다」, 「호면(湖面)」, 「이른 봄 아츰」 씀. 2월 『자유시인(自由詩人)』 2호에 시 「遠いレ_ル」, 「歸り路」, 「眼」, 「ままつかな機關車」, 「橋の上」, 「幌馬車」 발표. 2월 『동지사대학예과학생회지(同志社大學豫科學生會誌)』 5호에 시 「山娘野男」, 「公孫樹」, 「夜半」, 「雪」, 「耳」, 「チヤツプリンのまね」,

ステツキ」

3월 『자유시인(自由詩人)』3호 시 「螺線形の街路」, 「笛」, 「酒場の夕日」 발표.

4월 『자유시인(自由詩人)』4호에 시 「窓に曇る息」, 「散彈のやうな卓上演說」, 산문 「せんちめんたるなひとりしやべり」, 번역시 1편 발표.

5월 『자유시인(自由詩人)』5호에 시 「初春の朝」, 산문 「原稿紙上の夜行列車」 발표.

6월 『동지사대학예과학생회지(同志社大學豫科學生會誌)』6호에 시 「雨蛙」, 「海邊」

11월 『동지사대학예과학생회지(同志社大學豫科學生會誌)』7호에 시 「窓に曇る息」, 「橋の上」, 「眞紅な汽關車」, 「幌馬車」 발표.

6월 『학조』창간호에 「카 떼으란스」, 「슬픈 인상화(印象畵)」, 「파충류(爬蟲流) 동물(動物)」, 「지는 해(서쪽한울)」, 「띄」, 「홍시(감나무)」, 「딸레(人形)와 아주머니」, 「병(한울 혼자 보고)」, 「마음의 일기(日記)」, 「별똥(童謠) 발표.

11월 『신민(新民)』19호에 「따알리아(Dahlia)」, 「홍춘(紅春)」 발표.

『어린이』4권 10호에 「산에서 온 새」 발표.

『문예시대(文藝時代)』창간호에 「산에ㅅ색시 들녘사내」 발표.

12월 『신소년(新少年)』에 「굴뚝새」 발표.

『근대풍경(近代風景)』1권 2호에 일어시 「かっふえふらんす」 발표.

1927

작품 | 「뺏나무 열매」, 「갈매기」 등 7편 교토와 옥천을 오가며 씀.

1월 『문예시대』2호에 「갑판 우」. 『신민』21호에 「넷니약이구절」. 『근대풍경』에 일어시 「해(海)」 발표.

2월 『신민』22호에 「이른봄 아침」. 『조선지광(朝鮮之光)』64호에 「새빩안 기관차」, 「호면(湖面)」, 「바다」, 「내 맘에 맞는 이」, 「무어

래요」, 「숨ㅅ기내기」, 「비듥이」. 『근대풍경』 2권 2호에 일어시 「해
(海) 2」, 「해(海) 3」, 「みなし子の夢」 발표.

3월 『조선지광』 65호에 「향수」, 「석류(柘榴)」, 「바다」. 『근대풍경』
2권 3호에 일어시 「悲しき인상화(印象畵)」, 「金ほたんの哀唱」,
「湖面」, 「雪」. 『근대풍경』 2권 4호에 일어시 「幌馬車」, 「初春の
朝」를 발표.

5월 『조선지광』 67호에 「뻣나무 열매」, 「엽서에 쓴 글」, 「슯은 기
차」. 『근대풍경』 2권 5호에 일어시 「갑판(甲板)の上」. 『신소년』 5
권 5호에 「산 넘어 저쪽」, 「할아버지」 발표.

6월 『조선지광』 7권 6호에 「5월 소식」, 「幌馬車」. 『신소년』 5권 6호
에 「해바라기씨」. 『근대풍경』 2권 6호에 일어시 「まひる」, 「園いレ
ル」, 「夜半」, 「耳」, 「歸り路」. 『학조』 2호에 「鴨川」, 「船醉」 발표.

7월 『조선지광』 69호에 「發熱」, 「風浪夢」, 「말」 발표.

8월 『조선지광』 70호에 「太極扇」 발표.

9월 『조선지광』 71호에 「말1」. 『근대풍경』 2권 9호에 일어시 「鄕愁
の靑馬車」, 「笛」, 「酒場の夕日」 발표.

11월 『근대풍경』 2권 11호에 일어시 「眞紅な機關車」, 「橋の上」 발표.

1928

전기 | 옥천군 옥천면 하계리 40-1 자택에서 장남 구관 출생.

음력 7월 22일 성프란시스코 사비엘 천주당(가와라마치 교회)에
서 요셉 히사노 신노스케를 대부로 하여 뒤튀 신부에게 세례를
받았다.

작품 | 2월 『근대풍경』 3권 2호에 일어시 「旅の朝」 발표.

5월 『조선지광』 78호에 「우리나라 여인들은」 발표.

9월 『조선지광』 80호에 「갈매기」 발표.

10월 『동지사문학』 3호에 일어시 「말1」, 「말2」 발표.

1929

전기 | 6월 동지사대학 영문과 졸업. 9월 휘문고보 영어교사 취임. 학생
들 사이에서 시인으로 인기 높았다고 함. 동료교사로 김도태, 이
헌구, 이병기 등이 있었음.

부인과 장남을 솔거해 옥천에서 서울 종로구 효자동으로 이사.

작품 | 12월 「유리창」 씀.

1930

전기 | 3월 박용철, 김영랑, 이하윤 등과 『시문학』 동인으로 활동하며
어울림.

작품 | 1월 『조선지광』89호에 「유리창1」, 「겨울」 발표.

3월 『大潮』 창간호에 「小曲」, 「봄」 등 번역시 발표.

5월 『시문학』 2호에 「바다1」, 「피리」, 「저녁햇살」, 「호수1」, 「호수2」
발표하고 번역시 「봄에게」, 「초밤별에게」 발표. 『신소설』3호에 「청
개구리 먼 내일」, 「배추벌레」 발표.

8월 『조선지광』 92호에 「아츰」 발표.

9월 『신소설』 5호에 「바다」 발표.

10월 『학생』2권 9호에 「절정」 발표.

1931

전기 | 12월 서울 종로구 낙원동 22번지에서 차남 구익 출생.

작품 | 1월 『학생』27호에 「유리창2」 발표.

10월 『시문학』3호에 「풍랑몽2」, 「그의 반」 발표.

11월 『신여성』10권 11호에 「촉불과 손」 발표.

12월 『학생』27호 「난초」 발표.

1932

작품 ┃ 1월 『문예월간』2권 2호에 「무서운 시계」, 『신생』 37호에 「밤」 발표.
4월 『동방평론』 창간호에 「바람」, 「봄」 발표.
6월 『학생』 42호에 「달」 발표.
7월 『동방평론』 4호에 「조약돌」, 「기차」, 「고향」 발표.

1933

전기 ┃ 7월 서울 종로구 낙원동 22번지에서 3남 구인 출생.
『카톨릭청년』지 편집 도움. 구인회(김기림, 이효석, 이종명, 김유
영, 유치진, 조용만, 이태준, 정지용, 이무영) 9명이 창립 회원임.
작품 ┃ 6월 『카톨릭청년』 창간호에 「비로봉」, 「해협」 발표.
9월 『카톨릭청년』 4호에 「은혜」, 「별」, 「임종」, 「갈릴레아 바다」,
밤(산문), 「람프」(산문) 발표.
10월 『카톨릭 청년』 5호에 「귀로」, 「시계를 죽임」 발표.

1934

전기 ┃ 서울 종로구 재동으로 이사. 12월 이곳에서 장녀 구원 출생.
작품 ┃ 2월 『카톨릭 청년』 9호에 「또하나 다른 태양」, 「다른한울」 발표.
3월 『카톨릭 청년』 10호에 「나무」, 「불사조」 발표.
9월 『카톨릭 청년』 16호에 「승리자 김안드레아」 발표.

1935

전기 ┃ 10월 『시문학사』에서 『정지용 시집』 간행. 이전에 잡지에 발표되
었던 시 89편 수록.
작품 ┃ 2월 『카톨릭 청년』에 「홍역」, 「비극」 발표.
7월 『조선문단』 24호에 「지도」, 「다시 해협」 발표.
12월 『시원』 5호에 「바다2」 발표. 『정지용시집』에 실린 작품 중
「말2」, 「산소」, 「종달새」, 「바람」은 발표지 미확인.

1936

전기 | 12월 서울 종로구 재동에서 오남 구상 출생.

작품 | 3월 『시와 소설』 창간호에 「유선애상」 발표.

6월 『조선일보』에 19일 「아스팔트」(산문), 21일에 「노인과 꽃」(산문) 발표. 『중앙』 32호에 「파라솔」 발표.

7월 『조광』 9호에 「폭포」 발표.

1937

전기 | 서울 서대문구 북아현동으로 이사. 8월 오남 구상 병사.

작품 | 6월 『조선일보』 8일에 「이목구비」(산문). 9일에 「비로봉」, 「구성동」, 「슬픈우상(수수어4)」. 10일에 「육체」(산문). 11일에 「슬픈우상」 발표.

11월 『조광』 25호에 「옥류동」 발표.

1938

전기 | 카톨릭 재단의 『경향잡지』 편집 도움.

작품 | 1월 『삼천리문학』 창간호에 「꾀꼬리와 국화」(산문) 발표.

4월 『삼천리 문학』 2호에 「온정」, 「삽사리」 발표.

6월 『여성』 27호에 「소곡」. 『해외서정시집』에 번역시 「水戰이야기 1」, 「水戰이야기2」, 「눈물」, 「神嚴한 죽엄의 속살거림」 발표.

1939

전기 | 5월 20일 북아현동 자택에서 부친 사망(옥천군 옥천읍 수북리 안장).

8월에 창간된 『문장』에 이태준은 소설, 정지용은 시부분 심사를 맡음. 박두진, 박목월, 조지훈 등 청록파 시인과 이한직, 박남수, 김종한 등 신인추천 함.

작품 | 3월 『문장』 1권 2호에 「장수산1」, 「장수산2」 발표.

4월 『문장』 1권 3호에 「백록담」, 「춘설」 발표.

4월 14일 『동아일보』에 「예장」(산문) 발표.
12월 『휘문』 17호에 일어시 「ふるさと」 발표.
덕원신학교 교지 『신우』에 「어머니」 발표.

1940
전기 │ 선천, 의주, 평양, 오룡배 등을 길진섭 화백과 여행함. 이때 쓴 글
과 그림으로 이루어진 기행문 「화문행각」 발표.
작품 │ 1월 『태양』 1호에 「천주당」 발표.

1941
전기 │ 1월 『문장』 22호 특집 〈신작 정지용 시집〉으로 구성(「조찬」, 「진
달래」, 「인동차」 등 10편).
9월 문장사에서 2시집 『백록담』 간행(「장수산 1, 2」, 「백록담」 등
33편 수록). 이 시기 정지용은 정신적, 육체적으로 무척 피로해
있었다.
작품 │ 1월 『문장』 3권 1호에 「비」, 「조찬」, 「인동차」, 「붉은손」, 「꽃과벗」,
「나븨」, 「진달래」, 「호랑나븨」, 「예장」, 「도굴」 발표.
『백록담』에 실린 작품 중 「선취」, 「별」, 「비」(산문), 「비둘기」(산문)
는 발표지 미확인.

1942
작품 │ 2월 『국민문학』 4호에 「異土」 발표.

1943
작품 │ 1월 『춘추』 12호에 「窓」 발표.

1944
전기 │ 2차 세계대전 말기 일본군 열세로 연합군 폭격에 대비위해 서울
소개령 내림. 정지용 부천군 소사읍 소사리로 가족 솔거해 이사.

1945

전기 | 8,15해방과 함께 휘문고보 사직.

10월 이화여자전문학교 교수(문과 과장됨), 한국어, 영시, 라틴어 담당.

당시 건설출판사(조벽암 : 시인·소설가 1908~1985)에서 하숙하였다 전함.

작품 | 12월 『해방기념시집』에 「그대들 돌아오시니」 발표.

1946

전기 | 서울 성북구 돈암동 산11번지로 이사.

2월 문학가동맹에서 개최한 작가대회에서 아동분과위원장, 중앙위원으로 추대되었으나 정지용 참석하지 않음. 장남 구관이 참석해 당나라 시인 왕유의 시를 낭독.

5월 돈암동 자택에서 모친 정미하 사망.

5월 건설출판사에서 『정지용 시집』 재판 간행.

6월 을유문화사에서 『지용시선』 간행(「유리창」 등 25편 실음. 「정지용 시집」과 「백록담」에서 뽑은 것).

8월 이화여전 이화여자대학으로 개칭, 동교 교수됨.

10월 경향신문사 주간으로 취임(사장 양기섭, 편집인 염상섭).

10월 백양당과 동명출판사에서 『백록담』 재판 간행.

작품 | 1월 『大潮』 1호에 「애국의 노래」 발표.

1947

전기 | 8월 경향신문사 주간직 사임, 이화여자대학교 교수로 복직. 서울대학교 문리과대학 강사로 출강, 현대문학강좌 『詩經』 강의.

작품 | 『경향신문』(『경향신문』 3월~6월 자료는 최호빈, 「정지용의 번역시」, 『서정시학』 65호, 2015, 191~199면 참조).

3월 14일 번역시 「자유」

3월 16일 번역시 「나의 머리 안에 계신 천주」

3월 27일 번역시 「사랑의 哲學」, 「靑年과 老年」

4월 3일 번역시 「四月 祈禱」, 「觀心과 差異」

4월 10일 번역시 「軍隊의 幻影」

4월 17일 번역시 「大路의 노래」

4월 27일 번역시 「잊고 말자」

5월 1일 번역시 「自由와 祝福」, 「法廷審問에 선 重犯人」

5월 8일 번역시 「弟子에게」

5월 11일 번역시 「사랑―나의 아들에게」

5월 15일 번역시 「나는 앉아서 바라본다」

6월 12일 번역시 「平等無終의 행진」

1948

전기 | 2월 이화여자대학교 교수직 사임. 녹번리 초당에서 서예 즐기며 소일.

2월 박문출판사에서 산문집 『문학독본』 간행, 「사시안의 불행」 등 평문, 수필, 기행수필 37편이 수록되어 있음.

1949

전기 | 1월 동지사에서 『산문』 간행, 평문, 수필, 역시 등 55편 수록.

작품 | 1월 『산문』에 실린 작품 중 발표지 미확인 된 번역시 「平等無終의 進行」, 「軍隊의 幻影」, 「目的과 鬪爭」 발표.

1950

전기 | 3월 동명출판사 『백록담』 3판 간행.

한국전쟁 당시 녹번리 초당에서 설정식 등과 함께 정치보위부에 나가 자수형식을 밟다가 납북 추정(장남 정구관은 이 시기를 7월 그믐께라고 증언). 『동아일보』 2001. 2. 26에 의하면 9월 25일 사망했다는 기록이 『조선대백과사전』에 기재.

작품 | 2월 『문예』 7호에 「곡마단」 발표.

　　　6월 『문예』 10호에 「늙은범」, 「네몸매」, 「꽃분」, 「山달」, 「나비」
　　　(四四調五首) 발표.

정지용 초상 그리기

정지용 초상 그리기

신희교
(시인·우석대학교 국어교육과 교수)

I

학생들을 인솔하고 지난 십일월 초 부안에 있는 신석정 문학관을 다녀왔다. 명색 시인이지만 학생들을 가르치는 일에 치어 아직 제대로 된 시 한 편을 쓰지 못하고 있는 처지인지라 문학관 안에 들어서면서 괜스레 마음이 위축될 수밖에 없었다. 그러나 신석정 시인의 성이 매울 신(辛)이요 본관이 영월이라는 것에 마치 집안의 어른이나 뵌 듯하여 일견 경외의 감을 가지기도 하였다.

내부를 꼼꼼히 둘러볼 때 일로 꼿꼿이 시작에 매진하신 시인의 발자취가 너무도 뚜렷하였고 동시에 여적 구복지루의 미망에서 벗어나 살지 못하고 있는 자신이 못내 부끄럽기도 하였다.

신석정 시인의 회고 가운데 하나이겠지만, 시인 정지용은 많은 시를 외웠던 것 같다. 그 장소는 박용철의 집이었고 모인 사람들은 시문학파들이었는데 한 잔 술을 들이켠 정지용이 자신의 「향수」를 낭랑한 목소리로 읊은 다음 김영랑, 박용철, 김기림의 시를 줄줄이 외웠다고 한다(최하림, 「문단이면사」, 『경향신문』, 1983.8.27.).

신석정과 정지용, 정지용과 신석정은 1930년대 시사에 시문학파의 일원으로 이름이 높다. 신석정 문학관을 다녀온 지 얼마 되지 않아 정지용 시인의 여정을 밟아간 글에 대한 서평을 의뢰받았는데 이는 결코 공교로운 일은 아닐 듯하다. 아무튼 같은 유파로 두 분의 시세계적 공통점과 차이점을 살펴보는 일은 흥미로운 일일 것이다.

"정지용의 기행산문 여정을 따라"라는 부제가 붙은 『정지용 만나러 가는 길』은 저자의 『원전으로 읽는 정지용 기행산문』(정지용 저, 김묘순 편저, 깊은샘, 2015)의 후속편이라 할 수 있다. 이 두 책은 동전의 양면과 같은 것으로, 우선 정지용의 기행산문 원전 한 편과 그 여정 탐방기 한 편씩을 병행하여 읽어나가면 좋을 듯하다.

수필 형식으로 된 탐방기는 정지용 기행산문의 배경이 되었던 일본 교토, 강진 > 목포 > 제주도(남유 다도해기), 중국 단동(화문행각), 부산 > 통영 > 진주(남해오월점철)를 두루 거치고 있다. 평양과 선천 등 북한의 갈 수 없는 곳을 제외하고 정지용의 발길이 닿거나 머물렀던 곳을 샅샅이 답파해내고 있는 이 탐방기는 분명, 살아 생전의 정지용을 꼭 만나고 싶다는 집념이 없었다면 불가능했을 것이다. 탐방기에도 나와 있지만, 아무리 정지용을 사랑한다한들 통영의 가파른 지리망산까지 어떻게 오를 수 있겠는가?

정지용의 여정을 따라 이곳저곳을 찾는 저자 스스로 정지용의 작품에 '심취하였거나 미쳤나보다'고 고백하듯 이 책은, 또한 시와 산문에 두루 걸친 정지용 문학을 애호하는 독자들이 많아지기를, 정지용 문학 매니아들이 많아지기를 내심 희망한다.

Ⅱ

부부가 오래 살면 닮는다고 하듯, 저자는 어쩌면 정지용의 초상을 그려가면서, 그 초상 안에서 저자 자신의 모습을 발견하고 있는지도 모른다. 이 점에서 이 책은 정지용 초상의 소묘이면서 동시에 저자 자신의 자화상 소묘이기도 하다. 이 책에서 저자 자신의 자화상이 어떻게 그려져 있는가 하는 것은 섣불리 말할 것이 못된다고 본다. 이는 전적으로 이 책 독자의 몫이기 때문이다.

정지용 기행 산문의 여정 답파길에는 남편과 두 아들에 대한 이야기라든가 생시의 선친에 대한 이야기가 곳곳에 들어 있다. 이 같은 이야기는 수채화의 여러 물감이 하나의 아름다운 풍경을 연출하듯 전혀 거북하지 않게 다가온다.

즉 이 같은 가족 이야기는, 정지용의 예술인들과의 교유—김영랑, 박용철, 김현구, 길진섭, 정종여 등과의 교유에 대한 언급 등에서 보듯 정지용의 미세한 행적 읽기라는 중심을 잃지 않는 가운데서 이루어진다.

어떤 점에서 이 책은 저자 자신을 초점화하고 있는 것은 아닌가 하는 의구심이 들기도 한다. 그러나 주체로서의 독자가 존재해야 작가도 존재할 수 있다는 점에 상도(想到)하면 이 같은 의구심은 별로 문제될 것이 없다고 본다.

　허구가 아니라 사실을 바탕으로 한 정지용 기행산문은 그의 시처럼 해석학적 공백을 많이 허용하지 않지만, 그렇다고 해서 그의 기행산문에 해석학적 공백이 전무하다고는 할 수 없다. 그의 기행산문은 사실 확인(이 점과 관련, '탐방기'라는 말을 사용하였다.)과 함께 항상 감정읽기를 요구해 온다. 이와 관련 이 책은 기행산문에 나타난 정지용의 감정 공백을 메우려는 주체적 독자의 분투로 수필적 자아의 감정 투사라고도 할 수 있다.

Ⅲ

저자의 바람은 정지용의 기행길이 나아갔던 평양, 선천 같은 북한을 가보는 데 있다. 이는 6.25 당시의 행방불명과 정설이 없는 사인불명을 구명하는 일에 도움이 될지도 모른다. 정지용은 해방 후 조선문학가동맹의 한 부문을 맡았고, 시적 세계관에 있어서도 이념적이 되었다. 이는 구인회의 일원이었던 이태준이 보인 궤적과 유사한 것이면서 동시에 역시 구인회의 일원이었던 김기림의 궤적과도 유사한 것으로, 세 사람 모두 해방기의 정치적 열기에 무관할 수만은 없었을 것이다. 이와 관련 어떤 『현대문학사』는 다음과 같이 서술한다.

> 해방 이전의 자신의 시를, 아니 한국의 문학 모두를 스스로 거부하고 있는 시인 정지용은 민족문학의 노선과 민족의 정치 노선이 결코 이탈될 수 없다는 신념으로 시의 문화적 전위의 입장을 고집한다. 그러나 건국 투쟁에 이바지할 수 있는 시를 강조하고 있는 정지용 자신은 사실 시의 창작에 제대로 손을 대지 못하고 있다. 그가 말하고 있는 문화적 전위로서의 시란 설명만으로 가능할 뿐, 실제로는 하나의 정치적 구호에 다름 아니기 때문이다.
>
> ─권영민, 『한국현대문학사 2』, 민음사, 2012, 92면

이와 관련, 특히 해방기 정지용의 기행산문을 정독하고 이 시기 그의 행적을 세밀하게 살피는 일은, 단순히 연대기적 작가론 차원의 문제만은 아니다. 이는 「유리창」이나 「향수」 등의 시를 통해서 바라본 정지용의 초상을 다른 각도에서 한 번 그려보는 일이 될 수도 있기 때문이다. 이는 『정지용 만나러 가는 길』이 남기는 과제라고도 하겠다. 정지용의 초상은 여전히 미완인 채로 우리에게 다가온다.

▌ 김 묘 순

26년째 옥천에 살며 정지용 문학을 연구하는 시인이며 수필가이다. 수필집 『햇살이 그려준 얼굴』, 편저 『원전으로 읽는 정지용 기행 산문』, 논문 「정지용 산문 연구」, 「정지용의 「湖水」 小考」, 「정지용 생애 재구 I」 등이 있다. (사)한국문인협회 옥천지부장으로 일하였다.

정지용의 기행산문 여정을 따라

정지용 만나러 가는 길

초판 1쇄 인쇄일	ǀ 2017년 5월 18일
초판 1쇄 발행일	ǀ 2017년 5월 19일
초판 2쇄 인쇄일	ǀ 2019년 4월 29일
초판 2쇄 발행일	ǀ 2019년 5월 19일

지은이	ǀ 김묘순
펴낸이	ǀ 정진이
편집장	ǀ 김효은
편집 / 디자인	ǀ 우정민 문진희 박재원
마케팅	ǀ 정찬용 정구형
영업관리	ǀ 이선건 최인호 최소영
책임편집	ǀ 문진희
인쇄처	ǀ 국학인쇄사
펴낸곳	ǀ 국학자료원 새미(주)
	등록일 2005 03 15 제251002005000008호
	서울시 강동구 성내동 447-11 현영빌딩 2층
	Tel 442-4623 Fax 6499-3082
	www.kookhak.co.kr
	kookhak2001@hanmail.net

| ISBN | ǀ 979-11-87488-60-6 *03800 |
| 가격 | ǀ 15,000원 |